Der Schwarze Knecht

Harald Lacom

Der
Schwarze Knecht

Ein Kriminalroman

aus dem Alten Österreich

La Bête du Gévaudan (Zeitgenössische Darstellung)

EINS

Die Postkutsche hält auf freiem Feld. Niemand steigt aus; hier ist keine Poststation, nur eine Nebenstraße zweigt ab, und ein Wegweiser zeigt an, dass man von hier aus weiter nach Znaim, zurück nach Hollabrunn oder aber seitwärts zu Dorf und Herrschaft Ober-Bockstall gelangen kann.

Nach einigem Warten holt der Postillon seine Passagierliste hervor und fährt sie mit dem Finger ab.

„Herr Strasser Alois!", ruft er nach hinten, „hier müssen Euer Gnaden absteigen, oder wollen mitfahren bis Znaim? Marschbefehl gilt nur bis hierher."

Vom „Kasten", dem Gepäckraum der Kutsche, her ertönt ein Stöhnen, welches zu besagen scheint, dass der angesprochene Strasser Alois zwar absteigen möchte, es aber nicht kann – für den Postillon nichts Neues.

„Is' Er eing'froren? Wart' der Herr, ich helf' Ihm herunter."

Er steigt ab und geht nach hinten, während der Kutschenbegleiter vorschriftsmäßig nach vorne geht, um das Leitpferd am Zaum festzuhalten. Auf dem Kasten, das heißt unter freiem Himmel, kann man billig reisen, was im Winter ein lebensgefährliches Unterfangen, im Herbst zumindest ein Abenteuer ist. Der Passagier hat sich schon aus eigenen Kräften von der Bank erheben können, ist aber so ausgefroren, dass der Postillon ihn beim Herunterklettern stützen muss.

„Der Herr schnappern aber nicht schlecht. – Wollen nach Bockstall, nicht? Von hier geht die Straßen weg."

„Wie w-weit?", kommt es von froststarren Lippen.

„Weiß ich nicht, war noch nie dort, Gott seis gelobt!"

Und damit erklimmt der Postillon wieder seinen Kutschbock. Das schwarz-gelbe Gefährt setzt sich in Bewegung, und ein einsamer Reisender bleibt zwischen zwei Stoppelfeldern, über die ein eisiger Herbstwind pfeift. Den Fahrtwind abgerechnet ist es hier unten fast ebenso kalt wie oben auf dem Kasten, findet der Reisende. Und er macht sich auf den Weg, den er anhand der Karte eingehend studiert hat und eigentlich gar nicht verfehlen kann.

Am späteren Nachmittag muss er einsehen, dass er sich verirrt hat.

Bisher ist die Reise des Alois Strasser ja gut verlaufen. Mit Hilfe des „Post-Lexicons" hat er sie geplant; in der Wiener Leopoldstadt hat er den Gasthof gefunden, von dem die Postwagen um fünf Uhr früh in die Viertel Ober und Unter dem Manhartsberg[1] abgehen; sein Marschbefehl, der das Billett ersetzt, ist anstandslos angenommen worden, und er hat seinen Platz auf dem Postkutschkasten angewiesen bekommen. Obwohl es dort keine Spur von Bequemlichkeit gibt, hat er ein wenig geschlafen und einen ordentlichen Appetit entwickelt, den ein Schweinsbraten mit Kraut und Knödel in der Hollabrunner „Post" nur unvollkommen

---

[1] Niederösterreich nördlich der Donau

gestillt hat. Danach erst, bei der Weiterfahrt mit vollem Bauch, ist ihm auf seinem Galerieplatz so richtig kalt geworden.

Eigentlich ist er an seinem Irregehen selber schuld. Die Landstraße hat er bald verlassen, zugunsten eines schlammigen Waldwegs nämlich, den er für eine Abkürzung angesehen hat, weil er in der ungefähren Richtung eines Kirchturms verlaufen ist. Den Kirchturm sieht er nicht mehr und er ahnt, dass die Abkürzung eher ein Umweg sein wird; aber auch ein Umweg muss ja irgendwohin führen.

Doch er hat nicht nur das Gefühl, in die Irre zu gehen, sondern dabei auch unsichtbare Begleiter zu haben. Immer wieder knackt es im Unterholz zu beiden Seiten des Weges, und er glaubt gedämpfte Stimmen zu hören. Räuber? Davon gibt es hier, nahe der Grenze, nicht wenige, und das ist einer der Gründe, warum er überhaupt hier ist. Aber Räuber hätten längst zugeschlagen und nicht zugewartet.

Also bleibt er stehen und sagt: „Wenn ihr was von mir wollt, so kommt heraus!"

Und wartet. Zuerst ist es ganz still; dann teilt sich das Gebüsch, und vier junge Burschen treten heraus und nehmen ihn in die Mitte.

Wie Räuber sehen sie nicht aus, wenigstens nicht so, wie sich Strasser Räuber immer vorgestellt hat. Sie sind nicht bärtig und verwildert, und außer Stöcken sieht er keine Waffen an ihnen. Aber sie sind zu viert, das lässt sich nicht leugnen. Und sie haben ein paar Hunde bei sich.

Einer sagt mit barscher Stimme: „Wer ist Er, und was macht Er hier? Zeig' Er seinen Pass!"

Das muss der Anführer sein, der Größte und allem Anschein nach auch der Älteste. Er redet fast wie eine Amtsperson. Eine gute Imitation. Strasser meint hingegen, dass er, obgleich heute noch nicht in Amt und Würden, viel eher Anspruch auf diese Rolle hätte. So sagt er einmal gar nichts und wartet darauf, dass der Redner von selber daraufkommt. Dass der Bursche Strasser verkennt, ist verzeihlich, denn es dämmert schon, und er sieht vor sich einen jungen Mann, nicht viel älter als er selbst, in üblicher Wanderkleidung, nämlich in einem grauen Mantel, am Rücken ein großes Felleisen, an den Beinen grobe Schuhe und schwarze Gamaschen, am Kopf eine Wollhaube. Und der keine Anstalten macht, jenes Dokument hervorzuholen, das ihm erlaubt, in den k. k. Erbländern von einem Ort zum anderen zu reisen.

So tritt er nahe an Strasser heran, streift dessen Mantel ein wenig zur Seite und langt dorthin, wo er den Pass vermutet. Doch sofort zuckt er zurück, als ob er in die Brennnesseln gegriffen hätte. Denn der Rock unter dem Mantel ist weiß und hat farbige Aufschläge. Das Felleisen wird jetzt als Tornister aus Kalbfell erkennbar, und die Wollhaube ist eine sogenannte Lagerkappe, die getragen werden darf, wenn die Adjustierungsvorschrift nicht gerade das Kaskett oder den Helm verlangt.

„Oh, ein Soldat."

„Allerdings – abkommandiert zur hiesigen Herrschaft, als Unterstützung des Justiziars, weil das Gesindel hier überhandnimmt. Und jetzt will ich wissen, mit welchem Recht Er mich zur Ausweisleistung auffordert!"

Dem Anführer der Burschen ist nicht entgangen, wer mit dem Gesindel gemeint ist, aber er hält sich zurück.

„Wir sind der Wohlfahrtsausschuss dieses Ortes."

„Ernannt von wem?"

„Ernannt von niemandem!"

Strasser lächelt ein wenig.

Der Bursche, jetzt mit trotziger Stimme: „Wir haben eben befunden, dass es notwendig ist. Der Herr kann sich ja beim Justiziar nach den Gründen erkundigen."

„Sofern es mich interessiert. Und jetzt geb' Er mir den Weg frei, wenn´s beliebt!"

Die Burschen treten zögernd zur Seite. Die Sache verläuft nicht wie erhofft, und so nehmen sie in ihrer Verlegenheit Zuflucht zu höhnischen Bemerkungen, die aber nicht gegen Strasser gerichtet sind, sondern auf Kosten eines gewissen „König" gehen, den Strasser nicht kennt. Er setzt seinen Weg fort, in der Gewissheit, dass er sich den Wohlfahrtsausschuss nicht gerade zum Freund gemacht hat, und zwar noch vor seiner Ankunft im Ort. Das soll ihm einer nachmachen, denkt er.

Und dann, gerade als das letzte Tageslicht schwindet, ist er plötzlich wieder auf der Landstraße; auf der einen Straßenseite ist ein Bauernhaus, dann auch eines auf der anderen, und bald wandert er auf einer Dorfstraße, vorbei an einer Kirche, aus der Chorgesang zu hören ist, wohl der Abendsegen. Rundherum der Friedhof; der ist also weit genug vom Ortskern entfernt, dass er trotz der Gesetze von Kaiser Josef bestehen bleiben hat dürfen. Später die Reste einer Stadtmauer, mit einem Durchbruch für die Straße. Die ist lang und verliert sich in der Dunkelheit, aber hier und da sind die tröstlichen Lichter von Wirtshäusern zu sehen. Es kommt an einem Greißler vorbei, an einem Schuhmacher und einem Schmied.

Die Hofhunde verbellen Strasser der Reihe nach.

Als die Häuser wieder spärlicher werden, kündigt ein Schild die „Land- und Forstwirtschaftliche Gutsverwaltung Ober-Bockstall" an. Untergebracht ist die Gutsverwaltung in einem vierkantigen Barockbau, der vielleicht einmal von einem Graben umgeben war, jetzt aber inmitten eines großen Obstgartens gelegen ist. Dahinter, aber in gebührender Entfernung, ist der Meierhof mit dem Schüttkasten.

Als Strasser den Innenhof des Schlosses betritt, dringt aus der Küche rhythmisches Schnitzelklopfen; aus einem Fenster im Obergeschoß hingegen ist Musik zu hören, gespielt auf einem Hammerklavier. Nicht gerade virtuos, vielmehr mit zahlreichen Missgriffen, die aber jedes Mal penibel berichtigt werden. Er wird das Stück noch oft hören und dazu erfahren, dass es ein Rondo von Pleyel ist, das die junge Gräfin sich anzueignen versucht, während der Graf auf Studienreise in England ist.

Strasser fragt nach dem Justiziar. Der sei nicht da heute Abend, teilt ihm ein Domestik mit. Vorderhand möge er sich in seine Unterkunft begeben, die außerhalb der Schlossmauer gelegen ist. Sein Kamerad, Feldwebel König, und dessen Gattin würden ihn mit allem Nötigen versorgen. Was er sonst noch brauche, könne er sich morgen im Schloss holen. Dann nimmt er ihm den Pass ab, beschreibt ihm den Weg zum „Polizistenhaus" im Schlossgassel, und verschwindet wieder in der Küche.

Das Schnitzelklopfen hat bei Strasser schlagartig einen Bärenhunger hervorgerufen, aber er sieht wenig Hoffnung, hier und heute noch etwas zu Essen zu bekommen. So verlässt er den Schlosshof wie angewiesen, geht einen Gartenweg hinunter zu einem Seitentor der Schlossmauer und sodann ein Stück im Schlossgassel wieder in Richtung des Ortes.

ൕൟ

Das „Polizistenhaus" ist ein ehemaliger Langhof, die Schmalseite zur Straße. Das Tor ist verschlossen, das Seitentürl hingegen offen. Drinnen ziehen sich links und rechts Wohn- und Wirtschaftsgebäude hin; weit hinten schließt ein quergestellter Stadel den Hof ab. Aus den Fenstern auf einer Seite fällt Licht, hier dürfte die Familie König wohnen.

Strasser klopft an. Sofort fliegt die Tür auf, und zwei kleine Buben stürmen in den Hof.

„Huhuuuu!", schreien sie, „ich bin das Umgeheuer, ich fress´ dich auf!"

Strasser erschrickt dermaßen, dass er sich beinahe auf den Boden setzt. Die Kinder umtanzen ihn unter fortgesetztem Gebrüll, bis eine weibliche Stimme ihnen Fotzen androht und sie ins Haus ruft.

Eine junge, stämmige Frau steht in der Tür.

„Der Herr sind gewiss der Alois Strasser, der was uns angekündigt worden ist. Ich bin die Königin. Also die Frau vom Ludwig König. Katharina König. Verzeihen bitte unsere Fratzen Peter und Paul, die sind auch schon ganz verrückt wegen dem Ungeheuer. Jetzt werd´ ich dem Herrn seine Ubikation[2] zeigen. Oder wollen zuerst was essen?"

Strasser versichert, dass er es noch aushalten könne, worauf die Frau eine Laterne holt und ihn über den Hof geleitet, in eine Stube, wo sie die Lampe auf den Tisch stellt. Außer dem Tisch ist nicht viel da – ein paar Sessel, zwei oder drei Stahlstiche sowie ein Kruzifix an der Wand und ein Trumeaukastel mit einer Anzahl Laden. Aber in einem gusseisernen Ofen brennt ein Feuer; es ist angenehm warm.

„Der Ludwig lässt sich entschuldigen, er fühlt sich marod und ist schon zu Bett gegangen. – Also hier nebenan ist die Schlafstube. Das Bett ist gemacht; Wanzen haben wir Gottlob keine. Auf dem Herd da kann sich der Herr was zum Essen machen, aber Er kann auch bei uns

---

[2] Unterkunft (militärisch)

mitessen, wenn Er will, und ins nächste Wirtshaus ist es auch nicht weit. – Der Hausbrunn ist gleich vor der Tür, und der Abtritt ist da hinten, wo früher der Saustall war."

„Wie ist das Wasser?"

„Wir vertragen es, nur der Ludwig ist vorsichtig und haltet sich an Wein oder Bier. Das kriegen wir um billiges Geld vom Schloss, und es ist gar nicht schlecht. So, und jetzt bring´ ich dem Herrn eine Erdäpfelsuppe. Ich glaub´, ins Wirtshaus wird Er heut nicht mehr gehen wollen."

Strasser bekommt die Suppe, dazu ein ordentliches Stück Brot und ein Glas Branntwein. Katharina König zündet eine Kerze an und leistet ihm beim Essen Gesellschaft.

„Was ist das mit einem Ungeheuer?", fragt Strasser zwischen zwei Bissen.

„Ach, das wird Ihm der Justiziar schon sagen. Er und Ludwig sind für morgen zu ihm bestellt. Wir werden Ihn rechtzeitig wecken."

Als er gegessen hat und Katharina König gegangen ist, beginnt Strasser den Inhalt seines Gepäcks auf die beiden Laden und drei Fächer des Trumeaukastels zu verteilen: Da sind einmal die Dinge zur Körperpflege – das Rasiermesser, das er dreimal die Woche gebrauchen sollte, Kamm und Seife und eine Schere für den monatlichen Haarschnitt. Ein Zopfband und Puder für die vorgeschriebene Haartracht. Zur Pflege der weißen Uniform eine Bürste und eine Knopfgabel, Kreide zum Übertünchen von Flecken, und ein Schuhputzzeug. Dann die zweite Garnitur Wäsche, zusätzlich eine lange Unterhose, Gatja genannt, ein Nachthemd, Wollstrümpfe von verschiedener Länge und Handschuhe, ein Hut, ein Wollschal, zwei Paar Fäustlinge. Vieles davon haben ihm seine Eltern geschenkt; es ist von besserer Qualität als das ärarische Original.

Weiters: Ein zweites Hemd, und – sehr wichtig! – das zweite Paar Schuhe, das ihm die Monturkammer gewährt hat, als gemeldet worden ist, in welche gottverlassene Gegend ihn Landesregierung und Regiment versetzt haben. Und was der Mensch sonst noch braucht: Stahl zum Feuermachen, ein Nähzeug und ein Federmesser sowie eine Feldflasche. Eine silberne Taschenuhr, dann Schreibzeug und seine kleine Bibliothek. In der Patronentasche, wo im Ernstfall die gewickelten Papierpatronen möglichst trocken zu verwahren sind, hat er ein Stück Geselchtes und ein paar Äpfel als Notration.

Erst als die Schuhe geputzt sind und die Uniform gebürstet ist, kann der Dienst als beendet angesehen werden. Strasser wäscht sich und geht zu Bett, um noch ein paar Seiten im Roman „Der Schatz der Kuenringer" zu lesen.

„… Während die beiden Trossbuben die Truhe vom Packpferd hoben, warfen sie einander tückische Blicke zu, was Ritter Bodo nicht entging. Sie haben wohl die Absicht, heimlich zurückzukehren und den Schatz zu rauben, dachte er, doch das soll ihnen nicht gelingen. Er befahl ihnen, eine Grube auszuheben. Die Knappen aber hatten anderes vor. Kaum war

die Grube tief genug, entfernte sich einer von ihnen, vorgeblich,
um aus dem Weinkrug am Packpferd zu trinken. Tatsächlich
aber zog er sein Schwert und näherte sich von hinten dem
Ritter. Zugleich stieg der andere aus der Grube und hob den
Spaten zum Hieb. Was sollte Ritter Bodo tun?"

Strasser weiß es nicht, es interessiert ihn auch nicht, die
Augen fallen ihm zu, und dann klopft es schon an der Tür,
und Ludwig König, in voller Montur, tritt ein, salutiert
und stellt sich mit Rang und Namen vor, denn es ist
Morgen, die Kerze ist heruntergebrannt, und in einer
Stunde sind sie beim Justiziar bestellt.

In der Küche stellt Katharina jedem von ihnen eine Schale Kaffee und ein Stück Striezel hin und putzt ihrem Mann ein paar Flankerln vom Rock. Dann nimmt sie dieselbe Prozedur an Strasser vor, während Feldwebel König ihn instruiert:

„Du lernst jetzt den Justiziar kennen; das ist ein Herr von Ehrbach. Wenn du ihn siehst, könntest du glauben, der Graf persönlich. Dabei kommt er aus recht kleinen Verhältnissen. Aber er hat die Rechte studiert und kann mit den Leuten hier so reden, dass sie ihn verstehen. Ein bisserl viel reden tut er halt, weil bei seiner Frau hat er nichts zu reden, aber an das gewöhnst du dich."

Ludwig König ist nicht alt und er ist sonnengebräunt, aber diese Bräune spielt ins Gelbliche wie bei einem Welschen, und er bewegt sich manches Mal, als ob er Schmerzen hätte. Strasser glaubt gern, dass er noch gestern Abend marod war. Obwohl ihm der Befehlston abgeht, den manche ehemalige Militärs an sich haben, hat Strasser keinen Zweifel, dass er sich im Ernstfall Respekt verschaffen kann. Wie manche seiner Professoren – da gab es welche, die jahraus jahrein nie laut geworden sind, und trotzdem wäre kein Schüler auch nur auf die Idee gekommen, in ihren Stunden Unsinn zu treiben.

Sie gehen den Weg zurück, den Strasser schon vom Vorabend kennt, – ein paar Häuser weit im Schlossgassel, dann einige Schritt durch den Schlossgarten. Sie werden in ein Antichambre zu ebener Erde eingelassen, wo schon die Rechtsuchenden und Beschwerdeführer, die Applikanten und Litiganten auf ihren Aufruf warten. Mit steinernen Mienen sitzen sie da, manche den Blick starr auf den Verfahrensgegner gerichtet, andere gerade diesen Anblick nach Tunlichkeit vermeidend.

Ein Domestik bedeutet ihnen, in die Gerichtsstube einzutreten, ein einstmals prächtiger Raum, von dessen Fresken so viel Farbe abgeblättert ist, dass man sie kaum mehr erkennt.

Ein Bauer samt Frau muss den Platz räumen und draußen warten. König und Strasser nehmen vor einem Schreibtisch Aufstellung, hinter dem Herr von Ehrbach sitzt, der Jurist der Grundherrschaft. Er ist einer von jenen Männern, für die die Perückenmode erfunden worden ist. Ohne Perücke, so wie gerade jetzt, sieht er mit seiner Hakennase und Stoppelglatze aus wie ein Galeerensträfling. Aber Weste und Frack sitzen so gut, dass sie von einem erstklassigen Schneider sein müssen. Dazu die Culottes[3], die weißen Strümpfe und Schnallenschuhe, und als er die weißgepuderte Perücke aufsetzt, könnte er für einen Erzherzog oder einen Botschafter durchgehen. Vor sich hat er Strassers Pass, und jetzt überprüft er, leise vor sich hinmurmelnd und gelegentlich den Blick hebend, die Personsbeschreibung, den „Charakter".

---

[3] Frz.: Kniehosen, Kennzeichen der Aristokratie, zum Unterschied von den langen Pantalons

„Zwanzig Jahre alt – mittelgroß – Augen: blau – Haare: dunkelblond. Steh´ Er bequem! Die Narbe quer über Sein Cranium brauche ich wohl nicht zu inspizieren … Wo hat denn Seine militärische Karriere begonnen?“

„Beim Wiener Studentenaufgebot von anno Siebenundneunzig.“

„Und wo ist Er blessiert worden?“

„Am Schädel und am Fuß.“

„Ich meine den Ort.“

„Marengo.“

„Machen Ihm die Verletzungen zu schaffen?“

„Nein.“

Tatsächlich spürt Strasser beide Verletzungen oft genug, vor allem, wenn das Wetter umschlägt, aber diese kleine Lüge und ein wenig Selbstdisziplin haben ihn bisher vor einem echten Invalidendasein bewahrt.

„Tja, zu Ihren Pflichten werden weite Inspektionsgänge gehören, aber vielleicht kann unser Stallmeister Sie beritten machen“, sagt er Justiziar und macht sich eine Notiz in einem Heft. Dann spielt er eine Weile mit dem Falzbein, als ob er sich seine nächsten Worte genau überlegen müsse, bevor er beginnt:

„Sie beide haben etwa die Stellung wie ein Polizist in einer Stadt. Dazu eine seltsame Aufgabe, die vielleicht einem Nervenarzt oder Exorzisten besser anstünde als einem Soldaten oder Polizisten. Denn ich wenigstens weiß nicht, ob das, was unseren Landleuten derzeit solche Angst macht, ins Reich der Dämonologie oder der

Melancholie gehört. Oder vielleicht doch von dieser Welt ist, in welchem Fall sich die Frage erhebt, ob es ein Menschenwesen oder ein Tier ist, was da umgeht. – Nun, Feldwebel König kennt die Geschichte, aber für unseren neuen Beschützer muss ich wohl weiter ausholen: Seit Anfang September haben wir acht Anzeigen von Frauen, die angeblich auf einsamen Wegen – im Wald oder auf den Feldern – von einem pelzigen Dämon verfolgt worden sind, den sie alle in ähnlicher Weise, aber leider nicht genau zu beschreiben vermochten, schon deshalb, weil es regelmäßig in der Abenddämmerung geschehen ist. Dabei waren sie immer allein, und auch sonst war niemand in der Nähe. – Ich glaube übrigens nicht an einen Dämon und verwende den Ausdruck Bestie, das passt gleichermaßen auf Mensch und Tier. Während der Verfolgung soll dieses Wesen gebrüllt haben, ohne dass diese Laute einen Hinweis auf seine Menschennatur oder eine bestimmte Tiergattung gegeben hätten."

„Halten zu Gnaden – und wo ist das geschehen?", fragt Strasser.

„Hier und da, auf unserem Land und auf Gemeindegebiet, aber nie mehr als eine Stunde vom Ort entfernt.

„Woraus man schließen könnte, dass dieses Wesen nicht besonders gut zu Fuß ist – sonst hätten die Frauen ihm auch nicht entkommen können."

„Denkbar. – Es ist aber auch die Meinung geäußert worden, dass es ein Raubtier ist, das bei der letzten

Treibjagd weidwund geschossen worden ist und kein Wild mehr reißen kann."

„Hat man schon die Husaren streifen lassen?"

„Das hat man, aber Er weiß ja, was dabei herauskommt. Die Reiter haben wahllos alles eingefangen, was ihnen verdächtig vorgekommen ist, Landstreicher, Zigeuner, ja sogar Bettler, selbst wenn die ihre Papiere in Ordnung hatten; sie haben die Gefangenen auch grob behandelt, haben Scheinexekutionen vorgenommen, das nennen sie Husarenjustiz, und es hat Beschwerden gegeben. Ja, ein paar Wilderer oder Schmuggler waren dabei, aber keine Bestie im engeren Sinn. Auch wurde kein Lager im Wald gefunden, woraus geschlossen werden kann, dass die Bestie wohl im Ort wohnt. Und sich vielleicht schon verdächtig gemacht hat, ohne dass wir davon erfahren."

„Und was sollen wir tun?"

„Ihre vordringliche Aufgabe wird es sein, sich im Ort zu zeigen und Straftaten zu verhindern oder zu verfolgen, wenn es leicht geht. Polizeiarbeit halt. Dass Sie die Bestie fangen, ist unwahrscheinlich und wird auch nicht erwartet. Das Ziel ist, dass die Leute sich beschützt fühlen und die Bestie, so sie menschlicher Natur ist, beunruhigt wird und vielleicht Ruhe gibt."

„Und unsere Zuständigkeit?"

„Umfasst Herrschafts- und Gemeindegebiet, das ist so abgesprochen. Er braucht sich also nicht um die Grenzen zu kümmern. Mein Rat an Ihn: Red´ Er mit den Leuten, geb´ Er sich leutselig, aber auch mutig und energisch.

Erzähl' Er nichts von seinen Blessuren, Strasser, und lass' Er sich einen Schnurrbart stehen, so wie ihn Sein Kamerad schon hat. Gewehr und Seitenwaffe wird Ihm unser Förster ausfolgen. Und geh' Er zum Intendanten, wegen der Deputate."

Dann mustert er Strasser scharf.

„Er sieht mir aus, als ob Er Bücher liest. Eine verderbliche Angewohnheit, aber offenbar nicht auszurotten. – Ist es so?"

„Jawohl, Exzellenz."

„Und welche Bücher hat Er mitgenommen?"

„Ein Gebetbuch, auf Wunsch meiner Mutter. Und ein paar Romane und Reisebeschreibungen."

„Wenn Er will, darf Er sich Lektüre bei mir ausleihen. Und Er braucht mich nicht Exzellenz zu nennen – Herr von Ehrbach oder Herr Justiziar genügt. Das wäre alles. Falls Er keine Fragen hat – Adieu!"

DREI

Nach einer Woche kennt Strasser den Ort und seine paar Gassen und Kellergassen wie seine beiden Zimmer; er ist Patrouille gegangen, im Wald und auf den Feldern, allein und zusammen mit König, vor allem in der Abenddämmerung. Er gibt sich soldatisch, und in seinem Gesicht sprossen die Anfänge eines Schnurrbarts. Mit Nussabsud hat er seinem Gesicht einen Anflug von Sonnenbräune verliehen, was nicht gerade Mode ist, aber bei einem Mann der Tat gern gesehen wird. Er trägt den dunklen Militärmantel über der weißen Uniform. Als Kopfbedeckung ist der Armee seit 1798 ein antik anmutender Raupenhelm aus gesottenem Leder vorgeschrieben, der sich als so unpraktisch erweist, dass er schon zehn Jahre später vom Tschako abgelöst wird. Mangels spezifischer Befehle hat König sich für den quer aufgesetzten Zweispitz entschieden, wie ihn die Polizei in den meisten Städten des Kaiserreichs trägt, und Strasser tut es ihm gleich.

Anstelle der Kommissflinte führt Strasser eine doppelläufige Kugelbüchse, entliehen vom Förster. Auch nicht ganz nach der Adjustierungsvorschrift, aber das nimmt man hier nicht so genau. Ein Lauf ist mit Schrot geladen. Als Seitenwaffe dient ein Mannschaftssäbel. Auf Streife haben er und König ein Perspektiv bei sich, ein kleines Fernrohr englischer Herkunft, mit dem sie verdächtige Personen und verdächtige Orte per Distanz beobachten.

Er kennt sich aus in der Ortsgeschichte und weiß, dass es früher auch ein Unter-Bockstall gegeben hat, das Torstenson und seine Schweden[4] als Ruinenstätte zurückgelassen haben; dass Ober-Bockstall nominell zwar immer noch zur Herrschaft gehört, vor etwa vierzig Jahren aber dem damaligen Grafen einen Großteil der Abgaben und Robotdienste gegen eine einmalige Zahlung abgekauft hat, was diesem – nach einer eklatanten Pechserie beim Pharaospiel – durchaus willkommen gewesen ist. Auch die Untertanen waren zufrieden, denn bis dahin musste ein Ober-Bockstaller, der heiraten, auswandern oder eine Lehre antreten wollte, die Genehmigung vom Schloss einholen oder eine Gebühr bezahlen; jetzt steht es ihm frei. Verblieben ist dem Schloss im Wesentlichen die Gerichtsbarkeit, soweit eine Sache die Zuständigkeit des Dorfrichters übersteigt.

Der Grundherr, der auf diese Art seine Finanzen saniert hat, war der Großvater des jetzigen Grafen; dieser interessiert sich in erster Linie für Dampfmaschinen, die er auch auf seinem Gut einführen will, und reist zu Studienzwecken im Ausland umher.

Die Hunde von Schloss und Dorf haben sich an Strasser gewöhnt, und die Leute grüßen ihn. Gelegentlich kriegt er sein Essen von Katharina König und trinkt dazu den Schlosswein, der ganz erträglich ist. Ludwig König ist sein Vorgesetzter, ein sehr menschlicher Vorgesetzter, der für sie beide einen gerechten Dienstplan erstellt hat; sie

---

[4] Unternahmen 1645 einen (erfolglosen) Vorstoß auf Wien.

unterstehen dem Justiziar, von dem sie bisher noch keine Befehle empfangen haben. Aber er fragt sich: Will er auf diesem Dienstposten bis in alle Ewigkeit bleiben? Denn eigentlich hat er andere Pläne gehabt, nur ist ihm dabei die Weltgeschichte in die Quere gekommen. Vor drei Jahren hat er sich dem akademischen Aufgebot gegen die Franzosen angeschlossen, weil man das als Wiener Jus-Student einfach tun musste, aber noch vor dem ersten Schuss war Waffenstillstand, und die Akademische Legion, die nicht weiter als bis Klosterneuburg gekommen war, ist bald darauf am Wiener Glacis mit Ansprachen geehrt und danach aufgelöst worden.

So wäre seinem weiteren Studium nichts im Weg gestanden, hätte er sich nicht in seinem Heimatort unsterblich in ein hübsches Mädchen namens Amalia verliebt, das seine Gefühle so vehement erwidert hat, dass sie von manchen geradezu als seine Verlobte angesehen wurde. Auch seine Eltern wären mit der Verbindung zufrieden gewesen – diese Amalia kam aus einem guten Haus. Allerdings gab es dann im Haus ihrer Eltern einen Ball, der ihm unvergesslich bleiben wird, denn er war zwar noch eingeladen, aber offenbar nur, um den neuen Verehrer seiner Angebeteten zu bewundern, der ein wenig älter als er und schon Akzessist war, also Aussicht auf einen Staatsposten hatte und Gehalt bezog, weshalb er ihren Eltern und auch ihr als Anwärter auf ihre Hand bedeutend lieber war, wie sie ihm bei einem Abschieds-gespräch etwas schnippisch erklärt hat.

Ab dem zwölften März war zwischen Frankreich und Österreich wieder Krieg, was Strasser zum Anlass genommen hat, sich für die Armee anwerben zu lassen, diesmal nicht aus Patriotismus, sondern mehr aus verletztem Stolz und mit der Vorstellung, dass seine Verflossene sich vor Gram verzehren würde, sollte er dann auch noch auf dem Feld der Ehre fallen. Letzteres hat sich nicht erfüllt, und natürlich war auch von Gram keine Rede; ja Amalia soll sich sogar in Gesellschaft über ihn lustig gemacht haben. Und mit seinen Eltern, die andere Pläne für ihn hatten, ist es zu einem ernsten Zerwürfnis gekommen. Immerhin ist sein Vater Munizipalbeamter.

Auch wenn er als „Exempter Inländer", kurz gesagt Freiwilliger, gewisse Vorteile gehabt hat, ist seine militärische Karriere unter keinem guten Stern gestanden: Im Juni 1800 haben die Kaiserlichen nach einigen Anfangserfolgen Bekanntschaft mit einem gewissen General Bonaparte gemacht, der ihnen bei Marengo in Oberitalien eine Niederlage ersten Ranges beschert hat, und das, als die Kaiserlichen sich schon als Sieger sahen und zum Großteil nicht mehr nüchtern waren. Ein französischer Reiter hat Strasser den Pallasch über den Schädel gezogen, und mit dem Blut in den Augen ist er in der Hektik des Rückzugs mit dem Fuß unter das Rad eines Menagewagerls gekommen und war von einem Tag auf den anderen Invalide. Genauer gesagt Halb-Invalide, denn seine Gliedmaßen hatte er ja noch alle, und seine

Sinnesorgane waren intakt. Und jetzt ist er eine Art Mittelding zwischen einem Halb-Invaliden und einem Polizisten in Dorf und Herrschaft Ober-Bockstall, ohne die geringste Aussicht, jemals die militärische Karriereleiter emporzusteigen. Den Titel eines Ober-Invaliden gibt es nicht.

Diese Gedanken teilt er seinem Vorgesetzten Ludwig König mit, als sie Patrouille gehen. Das ganze Dorf ist bei der Weinlese, aber sie haben sich bewusst eine Gegend ohne Weingärten ausgesucht; hier sieht sie kein Mensch, und Strasser kann unbesorgt humpeln, während König ab und zu auf den windabgewandten Wegrand geht und einen Wind ziehen lässt, wenn es sein muss.

Auch König ist Halb-Invalide. Im ersten Franzosenkrieg war er mit Feldzeugmeister Clerfait in Flandern, wo ihn die Rote Ruhr erwischt hat, wie so viele andere, nachdem sie unreife Trauben gegessen und das Wasser der Maas getrunken haben, in welches ihre Kameraden eine halbe Meile flussauf hineingeschissen hatten. Und so wie viele andere hat König seine Krankheit verheimlicht und weiterhin Dienst gemacht, um dem grausigen Lazarett zu entgehen, das ihm am Ende doch nicht erspart geblieben ist. Er hat überlebt, aber völlig gesund ist er nicht geworden. Zum Leidwesen von Strasser, der weit öfter als erwartet den Abort besetzt findet oder alleine auf Streife gehen muss. König kann nur wenige Speisen ohne Risiko zu sich nehmen, und zum Brunnenwasser hat er ein Verhältnis wie der Teufel zum Weihwasser. Stattdessen trinkt er Bier und Wein, ist aber niemals betrunken.

Strasser hingegen, befindet König, habe keinen Grund zur Klage:

„Strasser, du kennst doch das übliche Schicksal von Invaliden. Die Armee gibt dich nicht frei, solange du noch hatschen und einen einfachen Befehl verstehen kannst. Du bist dann bei einem Garnisonsregiment oder auf einer Festung und kriegst Aufgaben, die was auch ein Aff' mit Grundausbildung erledigen könnte, und mit vierzig wirst du vielleicht ins Versorgungshaus in deinem Heimatort abgeschoben, außer deine Eltern können dich erhalten. Sag, willst du das? Hier bist du die Polizei oder was die Franzosen Gendarmerie nennen, und jeder hat Respekt vor dir. Und ob du Kopfschmerzen hast oder hinkst, interessiert keinen Menschen, grad so wenig, wie es jemanden interessiert, wie es in meinem Bauch zugeht."

„König, du hast leicht reden, du hast die Katharina und die Buben. Wie bist du eigentlich zu ihr gekommen?"

„Wir sind aus derselben Ortschaft", antwortet König, als ob damit alles gesagt wäre.

„In meiner Ortschaft will mich aber sicher keine haben. Was soll ich denn machen?"

„Weniger ins Wirtshaus gehen und mehr in die Kirche – Messe, Abendsegen. Rosenkranz und so."

„Ich bin aber nicht sehr gläubig."

„Ich meine, da lernst du die heiratsfähigen Madln im Ort kennen und machst einen guten Eindruck."

Aber so weit will Strasser nicht gehen; so verzweifelt ist er noch nicht. Und abgesehen davon hat er es ja wirklich nicht schlecht: Seine Unterkunft ist jeder Kaserne vorzuziehen und Katharinas Küche jeder Armeekost, und er hat Anspruch auf Deputate – das heißt, ein Teil seines Soldes wird ihm jetzt in Brennholz, Karpfen aus den gräflichen Fischteichen und Fleisch vom Sautanz und von der Treibjagd ausbezahlt. Die Königs lassen ihn teilhaben an ihrem Gemüse- und Kräutergarten. Wenn notwendig, dürfte er sich durch den herrschaftlichen Chirurgus Dr. med. univ. Faber behandeln lassen, der nur drei Häuser entfernt wohnt.

Und dann ist da immer noch die Aussicht auf Übernahme in den regulären Polizeidienst einer größeren Stadt, was in Kriegszeiten wesentlich einfacher ist als im Frieden, vorausgesetzt, der Krieg dauert lange genug, und er schafft die vorgeschriebenen „Philosophischen Studien" an der Wiener Uni. Womit dann auch der Frieden mit seinen Eltern völlig wiederhergestellt wäre.

VIER

Mit der Zeit gewinnt Strasser eine Vorstellung, wie die Welt des Verbrechens in Ober-Bockstall aussieht. Vor den Dorfrichter oder den Justiziar kommt nur wenig. Das meiste regeln die Dorfbewohner unter sich, aber es kann sein, dass die Verhandlungen scheitern und mit einem das Temperament durchgeht. Geschieht das in einem der Wirtshäuser, greifen andere ein, ob schlichtend oder unterstützend oder gar in feindseliger Absicht, das lässt sich nie genau feststellen, und die Szene artet gerne in die schönste Massenschlägerei aus. Sind König und Strasser in der Nähe, müssten sie einschreiten, die Gewalt beenden und die Schuldigen aufschreiben. Aber König hat eine Regel: Abwarten, ob es nicht von selber aufhört und ob diejenigen, die am Boden liegen, nicht ohnehin wieder aufstehen. Erst was darüber hinausgeht, wird angezeigt.

Der selbsternannte Wohlfahrtsausschuss hält sich von Strasser fern, und der Justiziar hat ihm geraten, auch seinerseits diesen Burschen aus dem Weg zu gehen, solange sie nicht vor seinen Augen gegen das Strafgesetz verstoßen würden. Strasser hat mittlerweile erfahren, dass der Anführer der Sohn des vorigen Abdeckers ist, des sogenannten Alten Grasl, weshalb er auch der Grasl-Bua heißt. Die Grasl sind eine weithin verbreitete Dynastie, die zu beiden Seiten der Grenze das Monopol auf das Abdeckergewerbe hat. Damit stehen sie etwa auf einer

Stufe mit dem Henker und weit unter den Totengräbern. Der Alte Grasl, der ursprünglich das Gewerbe hatte, ist vor ein paar Jahren umgebracht worden. Den Täter hat man nie erwischt, was niemanden im Ort sonderlich bedrückt. Den Betrieb, im Wesentlichen die übelriechende und undankbare Aufgabe, Tierkadaver zu beseitigen, hat der jüngere Bruder übernommen, der sogenannte Junge Grasl, und der Grasl-Bua und seine Mutter leben bei ihm. Übrigens in einem recht ansehnlichen Haus, das noch zu Zeiten des Alten Grasl erbaut worden ist und über dessen Finanzierung abenteuerliche Gerüchte umgehen.

Der Junge Grasl ist irgendwie aus der Art geschlagen; er erledigt seine Arbeit ordentlich, ist zu allen Menschen freundlich, und niemand kann ihm etwas nachsagen.

Anders sein Neffe und Mündel, dem Strasser befehlsgemäß aus dem Weg geht. Doch es gibt Orte, wo das nicht möglich ist, und ein solcher ist das Kirchen-Wirtshaus, wegen seines jagdlichen Wandschmucks auch „Hörndlwirt" genannt, wo König und Strasser bisweilen zu Mittag essen. Das heißt, essen tut eigentlich nur Strasser, denn König verlässt sich lieber auf die mildere Küche seiner Frau und beschränkt sich auf ein Bier.

Der Wirt reserviert ihnen regelmäßig einen Tisch, so dass sie nicht an der Table d'hôte, dem allgemeinen Wirtshaustisch, essen müssen. König hat darauf bestanden, dass ein dritter Sessel dazugestellt wird, für den Fall, dass Anzeiger oder Denunzianten die Gelegenheit benützen, sich mit der Polizei zu unterhalten.

Das ist aber noch nie der Fall gewesen, so leutselig können sie gar nicht sein. Es gehört sich hier einfach nicht, mit Polizisten zu reden, noch dazu, wenn sie der Herrschaft unterstehen.

Also bleibt ihnen das Zuhören. Niemand dämpft seine Stimme, nur weil da zwei Uniformierte sitzen, und so erfahren sie, was Dorf und Herrschaft über den Frauenschreck denken.

Die öffentliche Meinung ist in mehrfacher Hinsicht gespalten. Da ist einmal die Minderheit jener, die an Einbildung oder Sinnestäuschung glauben, beides zusammengefasst – da es ja um Frauen geht – unter „Hysterie". Weshalb die Frage Mensch oder Tier für sie keine Rolle spielt.

Anders sieht es bei denen aus, die den Aussagen der Frauen Glauben schenken. Hier überwiegt die Tierfraktion, stark beeinflusst von einem Naturkundigen, der einen Zeitungsbericht über die „Bestie des Gevaudan" gelesen und sein Wissen großzügig verbreitet hat. Was sich damals in Südfrankreich abgespielt hat, erinnert an die gegenwärtige Lage, auch wenn hier noch kein Blut geflossen ist. Im Gevaudan hingegen, so wird erzählt, machte sich eine Bestie dermaßen bemerkbar, dass der König seinen Wolfsjäger mit ihrer Bekämpfung betraute. Doch auch dann machte diese munter weiter, wogegen der royale Wolfsjäger nur ein paar ordinäre Wölfe erlegen konnte. Was zeige, dass das Untier vielleicht dämonische Kräfte hatte; das könnte auch hier der Fall sein, wird von katholischer Seite behauptet, weshalb die Kirche gefordert sei.

Die paar Protestanten und die jüdische Familie Löwy enthalten sich der Stimme. Das heißt, sie gehen nicht zum Hörndlwirt.

Lehrer, Wundarzt und Chirurgus, gewissermaßen die naturwissenschaftliche Fakultät, vertreten die Meinung, man möge sich lieber in der benachbarten Herrschaft umsehen, deren Graf exotische Tiere liebt und einen Tiergarten unterhält. Obwohl dieser Tiergarten etwa zehn Meilen entfernt liegt und das kostspielige Viehzeug regelmäßig nach kurzer Zeit eingeht, meist infolge Fütterung mit Wald- und Weinviertler Mehlspeisen, findet die Meinung Anklang. König und Strasser versprechen, dort gründlich nachzuforschen, sollte ihnen der Justiziar Weisung dazu erteilen.

Sie selbst wie auch der Justiziar vermuten allerdings in dem Angreifer ein menschliches Wesen, einen Spaßvogel besonderer Art, der in der Angst der Frauen seine Befriedigung findet. Dafür spreche, meint der Justiziar, dass er den Frauen nicht auflauert, sondern sie jagt, was sein Vergnügen verlängert. Dass er die Verfolgung irgendwann aufgibt, liegt nach Meinung des Justiziars daran, dass der Kerl wegen seiner sexuellen Erregung innehalten muss, um zu onanieren. Man muss ihm das Handwerk legen, gewiss, aber es bedarf dazu keiner Husaren und keines königlichen Wolfsjägers.

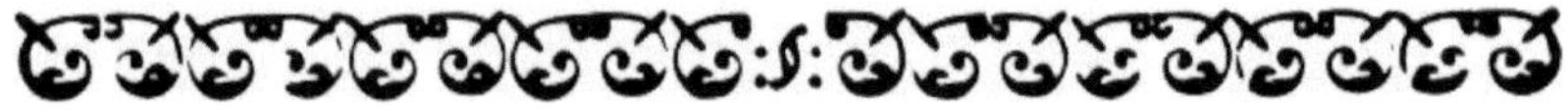

FÜNF

An einem Tag zu Anfang November sitzen König und Strasser beim Hörndlwirt und trinken ihr Hornerbier. Im Hintergrund der Wirtsstube geht es heute besonders laut zu. Der Grasl-Bua und einige Mitglieder des Wohlfahrtausschusses machen sich ihren Spaß mit der Kellnerin Rosi, die mit ihnen mittrinken soll, dazu aber keine besondere Lust zeigt. Gerade noch, dass sie sich zu ihnen hingesetzt hat, aber einen Schnaps verweigert sie. Doch dann wird sie zum Opfer des Humors der Jugendlichen. Der Grasl-Bua hat es nämlich geschafft, ihr unbemerkt die Schürzenbänder zu lösen und hinter der Stuhllehne wieder zusammenzubinden, so dass sie nicht wegkann. Jetzt ist sie gewissermaßen die Gefangene der Burschen, und ihre Beteuerungen, dass sie ja bedienen müsse, nützen ihr gar nichts. Auch fürchtet sie sich vor den beiden Bullenbeißern, die einer der Burschen mitgebracht hat. Der Grasl-Bua hält eine Rede, die ungeheuer lustig sein muss, denn nach jedem Satz muss er kichern. Seine Kumpane brüllen vor Heiterkeit und hauen sich auf die Schenkel, dass es klatscht.

Nun hat es mit der Rosi eine eigene Bewandtnis: Strasser hat schon lange kein Mädchen gehabt und ist – rundheraus gesagt – geil. In seinem Heimatort sind immer Gesellschaften und Hausbälle veranstaltet worden, wo man sich etwas mit den Bürgertöchtern hat anfangen können. Und eine Zeitlang war er ja sogar verlobt. Die Mädchen daheim waren ganz geschickt darin, ihren Liebhabern Befriedigung zu verschaffen, ohne dabei ihre kostbare Jungfräulichkeit zu gefährden, und auch in den paar Wochen, als er mit der Studentenlegion in Klosterneuburg gelegen ist, hat sich dann und wann etwas Fleischliches ergeben. Als er sich aber in seinem Liebeskummer für die Armee hat anwerben lassen, hat er nicht bedacht, wie öde, ja grauslich das Liebesleben eines gemeinen Infanteristen sein kann. Da hätte er schon ganz und für immer der Liebe abschwören müssen, dann hätte das einen Sinn gehabt.

„Eigentlich eine Gemeinheit", sagt er, „wir sollten einschreiten."

König setzt sein Bierseidel ab. „Was für einen Tatbestand erblickst du darin, Strasser?"

„Freiheitsberaubung? – Na schön, dafür dauerts noch nicht lang genug. Dann halt ein Unfug oder sowas …"

„Und da werden wir gar nix machen, sondern zahlen und gehen. Die Rosi weiß schon, wie sie mit sowas fertig wird. Du solltest dich da nicht kompromittieren, sie macht dir sowieso schon schöne Augen, dass es nur ja alle merken."

Strasser fügt sich. Auf den Abtritt möchte er noch, sagt er. Der ist im Hof, neben der Kegelbahn, und man muss den Hintereingang nehmen. Er geht aber durch den Haupteingang hinaus auf die Straße. König ist beruhigt: Man kann ja auch durch den Hofeingang zum Abtritt gelangen. Strasser will offensichtlich ein Zusammentreffen mit dem Grasl-Buam und seinen Anhängern vermeiden. Sehr vernünftig.

Weniger vernünftig ist, dass Strasser seinen Rückweg durch den Hintereingang der Wirtsstube nimmt und unerwartet am Tisch des Grasl und seiner Kumpane steht. Die beiden Bullenbeißer glotzen Strasser hechelnd und trenzend an.

„Oh", sagt Strasser, „hat sich die Demoiselle mit ihren Bandeln verfangen? Und kein Kavalier da, der ihr hilft? Na, da muss die Polizei her."

Und er löst den Knoten. Rosi springt auf, sagt Danke, macht ihm einen Knicks und ist schon an der Theke beim Wirten, der den Vorfall gar nicht bemerkt hat.

„Der Herr Polizist versteht aber gar kein' Spaß.", sagt der Grasl.

Strasser hat sich schon zum Gehen gewendet, aber jetzt dreht er sich um, er kann nicht anders.

„Welchen Spaß?"

„Vielleicht sollt' man sich mit ihm ein' Spaß machen, vielleicht lacht er dann", sagt ein anderer und stößt sein Bierglas um.

Bier spritzt auf Strassers Gamaschen.

„Bei manchen Leuten kann man sich halt nur dreckig machen", sagt Strasser, etwas Besseres fällt ihm gerade nicht ein. „Und was ist mit den Viechern da? Ich seh' keine Leine."

„Das sind Brüderlein und Schwesterlein", sagt einer, übers ganze Gesicht grinsend, „die lassen sich nicht an die Leine legen, so wie andere."

Er ist dicklich und bewegt sich träge, außerdem ist sein Gesicht von Pickeln übersät, für die ärztliche Wissenschaft der Zeit untrügliche Anzeichen exzessiver Selbstbefriedigung. Strasser, der sich Namen schlecht merkt, beschließt, ihn bei sich „Onan" zu nennen.

„Wenn Brüderlein und Schwesterlein einmal was anstellen, wird Er anders reden!", sagt er und geht.

Wie zu erwarten, bricht auf der Straße über ihn ein Donnerwetter herein, wenigstens soweit der sanfte Ludwig König zu einem solchen imstande ist: Man sei ja nicht am Kasernenhof, aber er müsse Strasser schon daran erinnern, dass er als sein Vorgesetzter ihm kurz davor Befehl erteilt hat, nicht einzuschreiten. Schließlich sei ja hier kein sittsames Bürgertöchterl belästigt worden, sondern eine Kellnerin, der übrigens ein Verhältnis mit dem Haupttäter, dem Grasl-Buam, nachgesagt werde, was die Sache doch in einem anderen Licht erscheinen lasse. Und der Bauer, der in dieser Gegend hier seinem Bluthund oder Bullenbeißer einen Maulkorb anlegt, müsse erst geboren werden.

Strasser steht stramm, sagt: „Zu Befehl, Herr Feldwebel!" und entschuldigt sich im Weitergehen und in ziviler Rede für sein Verhalten.

„Und bedenke", sagt König abschließend, „dass schon lange keine Frauen mehr belästigt worden sind. Das kann seinen Grund darin haben, dass wir jetzt zu zweit sind; vielleicht aber ist es auch das Verdienst vom Grasl-Buam und seinen Kumpanen."

Strasser redet nicht dagegen, aber insgeheim will er einfach nicht wahrhaben, dass der Grasl-Bua und seine wimmerlgeplagten Freunde irgendetwas Gutes bewirken könnten. Und dass Rosi an so einem Burschen Gefallen finden könnte, ist ihm unvorstellbar. Umso mehr, als er selbst sich bei ihr Chancen ausrechnet. Denn es stimmt ja, dass sie ihm schon des Öfteren das Glas besser eingeschenkt hat, als sie es bei anderen tut, und beim Servieren beugt sie sich jedes Mal so weit über den Tisch, dass er tiefen Einblick in den Ausschnitt ihres Dirndls hat. Einmal sogar bis zum Rand ihrer Brustwarzen. Das ist nichts Besonderes in einer Zeit, in der Damen der Gesellschaft den Busen nahezu unverhüllt zeigen; aber sie macht es nur bei ihm, das hat er schon festgestellt. Für den Anfang schäkert er mit ihr herum und stellt Schätzungen an, wie viele Sommersprossen wohl in ihrem Dekolleté zu sehen sind. Und stillhalten soll sie, damit er besser zählen kann.

Worauf sie lacht und gar nicht böse ist. „Ich hab' noch viel mehr", sagt sie, „aber die kriegt nicht ein jeder zu sehen!"

Und dann passt er sie eines Abends im Hof ab, fasst sie um die Taille und drückt ihr einen Kuss auf, den sie nicht nur gestattet, sondern mit Eifer erwidert. Strasser macht weiter, bis sie sagt, jetzt müsse sie wieder an die Arbeit. So geht das an ein paar Abenden, wobei Strasser sich immer größere Freiheiten herausnimmt und auch anstandslos erhält.

Doch dann, als er sie fragt, ob er ihr nach der Sperrstunde sein Quartier zeigen soll – oder sie ihm ihres – bekommt er zur Antwort: „Der Herr Soldat kann alles kriegen, was er will, solang er dafür bezahlt."

Das kommt nun überraschend, ja ein wenig bestürzend, denn eigentlich hat Strasser auf die Macht seiner Persönlichkeit gesetzt und nicht mit einer Antwort gerechnet, die eher einer Grabennymphe oder einer vom Spittelberg[5] wohl angestanden wäre. Andererseits sind damit die Verhältnisse klargestellt, man hat sich rasch über den Preis geeinigt, und pünktlich zur vereinbarten Zeit langt Rosi, in ein dunkles Umhängetuch gehüllt, beim Polizistenhaus ein, vor dem Strasser sie erwartet. Sie hat sich in der Zwischenzeit gewaschen und ist bereit, bis zum Morgengrauen zu bleiben. Es soll halt noch finster sein, wenn sie geht.

Drei Zettel Wiener Konventionsmünze[6] verschwinden wie von Zauberhand in Rosis Mieder, und fast ebenso schnell hat sie sich ihrer Kleidung entledigt, steht sekundenlang im Kerzenlicht da wie eine Marmorstatue,

---

[5] Wiener Bezeichnung für Freudenmädchen, abgeleitet von ihren Jagdrevieren
[6] In Österreich in Geltung 1750 - 1856

dass er ihren Anblick genießen kann, und ist schon unter der Tuchent. Als aber Strasser ebenso rasch zur Sache kommen will, wird ihm bedeutet, dass es noch lange nicht so weit ist. Denn Rosi will reden und sie hat viele Fragen. Sein ganzes Leben muss er vor ihr ausbreiten; ganz besonders interessiert sie seine unglückliche Liebesgeschichte und was er für Amalia, seine einstige Liebe, heute noch empfindet. Seinen Händen sind dabei allerdings keine Grenzen gesetzt, und es ist, genau genommen, das erste Mal, dass er einen Frauenkörper so gründlich und mit Muße erforschen darf. Rosi ist rothaarig und hat eine geradezu überirdisch glatte weiße Haut, wenn auch der Zustand ihrer Hände und Knie vom Abwaschen und Bodenreiben erzählt. Für seine Geduld und seine Mitteilungen wird er vorläufig mit allen Arten von Zärtlichkeiten belohnt, bis Rosi genug gehört hat, ihren Körper zurechtlegt und unvermittelt sagt:

„Und jetzt – Allez hopp!"

Von hier an fühlt sich Strasser wie ein großer Kauffahrer, der von einem erfahrenen Lotsen behutsam in den Hafen geführt wird. Denn Rosi leitet die folgenden Geschehnisse mit kleinen Gesten und Anweisungen, die bei einem so jungen Mädchen bedauerlich sind, die aber ersichtlich den Zweck haben, ihr und auch Strassers Vergnügen zu steigern und, vor allem, es bei ihm nicht vorzeitig enden zu lassen. Und es gelingt, sodass alle seine diesbezüglichen Besorgnisse sich als unbegründet erweisen und er Dinge, mit denen sonst seine Kommilitonen geprotzt haben, in aller Wirklichkeit erlebt. Allerdings ist er eine knappe Stunde später wieder geil wie zuvor, was Rosi mit Verständnis aufnimmt und auch nicht extra berechnet.

Und das Schöne ist, dass er mit über alles reden kann, was ihn bewegt. Denn Rosi ist für ihre siebzehn Jahre erstaunlich welterfahren, obwohl sie nur einmal, aus Anlass ihrer Firmung, in Wien gewesen ist, und sonst nur in Hollabrunn und in Laa an der Thaya.

So fragt er sie, entgegen seinen Prinzipien, zu ihrer Meinung, was die Bestie anlangt.

„Ach das, das ist sicher so einer, der was noch nie geschnackselt hat. Davon gibt's mehr im Ort, als man glaubt, und manche haben Ideen … also ich könnte dir und König Geschichten erzählen …"

„Ja, bitte erzähl'!"

Aber das tut Rosi nicht. Da könnt' einer in Verdacht kommen, und dabei ist er unschuldig, meint sie, da sollen die Herren Polizisten sich nur selber anstrengen.

Obwohl Rosi sich nach Zeit und nicht nach Leistung bezahlen lässt, geht die Sache ins Geld, und schon in der zweiten Novemberhälfte hat Strasser seinen Eltern brieflich eine Verschlimmerung seines Gesundheitszustands melden müssen, die ärztliche Behandlung erfordert. Prompt ist ein größerer Geldbetrag überwiesen worden, begleitet von einem besorgten Brief seiner Mutter, mit der Mahnung, nur ja ordentliche

Unterwäsche anzuziehen und sich nicht ins nasse Gras zu setzen.

Tatsächlich leidet Strasser an nichts anderem als an chronischem Schlafmangel, dem nur dann abgeholfen wird, wenn Rosi aus diesem oder jenem Grund nicht zu ihm kommen kann.

SECHS

Und dann muss Strasser das erste Mal amtshandeln, denn eine alte Bäuerin hat gleichsam im Vorübergehen eine Anzeige erstattet:

„Geh', Herr Polizist, schaust einmal ins Mühlgassl, dort haben die Rotzbuam ihre Hetz mit dem Dodel!"

Er ist allein auf Streife. Wenn König dabei ist, regeln sich die Dinge wie von selbst; der muss nur ein paar Worte sagen und die Leute vorwurfsvoll anschauen, dann schämen sie sich, ihm so viel Arbeit gemacht zu haben. Strasser kann nicht umkehren, denn viele haben ihn schon gesehen, und jetzt wegzugehen wäre ein Zeichen von Schwäche. Er muss also einschreiten, mit festem Schritt und entschlossenem Blick und einem bereits deutlich erkennbaren Schnurrbart.

Im Mühlgassl, einer Nebenstraße, die aber stark frequentiert ist, weil sie zur Mühle führt, ist ein Auflauf im Gange.

Strasser unterscheidet zwei Menschengruppen. Da ist ein Umstand von Neugierigen, die sich in vorsichtiger Entfernung halten. An der Uferböschung des Mühlbachs aber drängen sich diejenigen, denen die Neugierde gilt. In ihrer Mitte kauert ein Mensch, aber noch ist nicht klar, ob er es freiwillig tut oder dazu gezwungen wird. Eher Letzteres, denn um ihn herum steht der Wohlfahrtsausschuss, unter Führung des Grasl-Buam und verstärkt durch einige Sympathisanten, zu denen auch die

Bullenbeißer gehören. Gelacht wird viel, es ist ein böses, schadenfrohes Lachen, und die im Zentrum teilen denen an der Peripherie mit, was sich im Zentrum tut und wer was gesagt hat, und so wird über alles zweimal gelacht.

Als er nahe genug ist, sieht er, dass neben dem Menschen, den die jungen Leute da eingekreist haben, eine Krücke liegt. Er ist offenbar der Dodel, von dem die Bäuerin gesprochen hat. Er sieht auch, dass eine Latte über den Mühlbach gelegt worden ist, die als Brücke zu schmal und auch überflüssig wäre, denn ein Steg ist in nächster Nähe. Der Mühlbach ist reißend, wer da hineinfällt, kommt nicht so leicht heraus.

Daher fragt er: „Was ist da los?"

Der Grasl grinst ihn an: „Der Renato will uns zeigen, wie gut er seiltanzen kann."

„Wer ist der Renato?"

Der Grasl zeigt stumm auf den Menschen am Boden, der sich jetzt aufrappeln möchte und nach seiner Krücke tastet. In Strasser steigt die Wut hoch.

„Wieder einmal ein Spaß – diesmal mit einem Krüppel, da riskiert man nichts, was?"

„Der war einmal Seiltänzer!", begehrt Grasl auf, „In einem Zirkus. Wir wollen sehen, ob er es noch kann. Eh nicht auf dem Seil, nur auf einer Latte."

Strasser wendet sich Renato zu: „Möchte Er das auch?" Renato beutelt den Kopf.

„Soll ich Ihn nach Hause bringen?" Renato nickt.

„Wo ist das?"

„Doktor …"

„Beim Chirurgus?" Wieder nickt Renato.

„Also heb' ihm einer die Krücke auf. Renato kommt mit mir."

Aber jetzt stellt sich ihm der Grasl-Bua in den Weg.

„Das ist Polizeigewalt. Der Renato ist gern bei uns."

„Tret' Er zur Seite", knurrt Strasser, „oder Er lernt, was Polizeigewalt ist!"

„Wir haben aber schon bei den Zuschauern abgesammelt, die wollen was sehen."

„Dann geb' Er ihnen das Geld zurück oder tanz' Er selber auf der Latte. Und jetzt – Zarrruck!"

„Zarruck" nennt man die kroatischen Polizisten in Wien, nach dem einzigen deutschen Vokabel, das sie beherrschen. Es passt für alle Gelegenheiten, und Strasser hat es mit einer Vehemenz hervorgestoßen, dass der Grasl unwillkürlich zurückgetaumelt ist. Einige Zuschauer brechen in Lachen aus. Strasser deutet Renato, an seiner Seite zu bleiben, und so schnell der eben hinken kann, entfernen sie sich in Richtung Hauptstraße. Jetzt sollte Strasser sich umschauen, ob vielleicht einer ihm einen Stein nachschießt oder Anlauf nimmt, ihm ins Kreuz zu springen. Aber außer ein paar Schmähungen passiert nichts.

Obwohl der Arzt beinahe ein Nachbar ist, hat Strasser diesen seltsamen Renato noch nie gesehen, und übrigens auch den Arzt nur von weitem, wenn der einen Krankenbesuch bei der Familie König gemacht hat. Und doch kennt der Wohlfahrtausschuss den Renato, und auch den Dorfleuten ist er kein Fremder. Strasser versucht unterwegs, mit ihm Konversation zu machen, aber es wird nicht viel daraus, denn Renato, der genug damit zu tun hat, auf den Beinen zu bleiben, gibt nur einsilbige Antworten.

„Kann Er wirklich seiltanzen?", fragt Strasser.

„Renato weiß nix von Seiltanzen …"

„Und früher?"

„Ja."

Da auch sonst nichts Brauchbares kommt, begnügt Strasser sich damit, ihn aus den Augenwinkeln zu betrachten.

Ärmlich oder gar verkommen sieht Renato nicht aus. Jemand hat ihm das Haar und den Bart geschoren und ihn in einfaches, aber sauberes Gewand gesteckt. Er trägt gute Schuhe, und die Krücke ist sorgfältig gearbeitet. Auch Renato schielt immer wieder zu Strasser hinüber, um sich darüber klarzuwerden, was er von seinem Erretter zu halten habe.

Arzthaus und Arzt sind in einem recht unordentlichen Zustand und bestätigen, was Strasser gehört hat, nämlich, dass es schon lange keine Arztfrau gibt. Aufgewischt und abgestaubt wird hier nur selten, und der Arzt schaut sogar im Vergleich zu Renato ungepflegt aus; Hemd und Rock sind fleckig, er riecht nach Obstler, und seine Bewegungen sind fahrig, obwohl es noch nicht einmal Mittag ist. Strasser würde sich von ihm in diesem Zustand nur ungern operieren lassen. Aber er spricht gut und vernünftig – ein Gewohnheitstrinker eben, der sein notwendiges Quantum intus hat; Strasser hat beim Militär einige Exemplare dieser Spezies kennengelernt. Er berichtet in Kürze, warum er den Renato nach Hause gebracht hat. Dann sagt er:

„Wollen der Herr Chirurgus mir nun erzählen, was es mit dem Renato für eine Bewandtnis hat. Ich bin neu hier und weiß noch nicht alles. Auch scheint mir dieser Mensch schutzbedürftig."

Der Arzt führt Strasser in ein Wohnzimmer, das etwas sauberer ist als der Rest des Hauses, und bietet ihm einen Sitz an. Strasser vermutet, dass hier die Patienten zu warten haben. Wenn es welche gibt, denn im Augenblick ist es leer. In einem Glasschrank stehen alle Bände von Franks „System einer vollständigen medicinischen Polizey" von 1786, auf denen dick der Staub liegt, offenbar nicht die Lieblingslektüre Dr. Fabers.

„Das ist eine seltsame Geschichte", sagt der Arzt, „aber wenn es Ihr Dienst erlaubt, erzähle ich es Ihnen gern … Es ist jetzt fast fünfzehn Jahre her, ich hatte noch nicht einmal alle Prüfungen. Eines Nachts sind Leute zu mir gekommen und haben mir den Renato ins Haus getragen. Sie haben ausgesehen wie die Räuber, aber es waren italienische Gaukler, die im Nachbarort gastiert haben. Das, was man neuerdings Zirkus nennt. Der Renato war einer ihrer Artisten und sollte an diesem Abend am Seil tanzen. Er hat aber dem Publikum nicht gefallen, und das

Gesindel hat ihn mit Äpfeln und ähnlichem beworfen, bis er abgestürzt ist. Es war ein böser Sturz, denn jemand hat vergessen, einen Karren wegzuschieben, der unter dem Seil gestanden ist, und Renato hat ihn mit seinem Körper zerschlagen, aber mehr noch der Karren ihn. Die Weiterfahrt im Wagen hätte er nicht überlebt, da waren ich und die Schausteller uns einig. Also haben sie ihn bei mir gelassen, mit einer Geldsumme, die recht großzügig bemessen war … Ich habe ihn verarztet, und er ist am Leben geblieben, aber das war auch schon alles. Sie sehen ja, was aus ihm geworden ist – das Zerrbild eines Mannes."

„Die Italiener sind wohl nie wiedergekommen?"

„Sie haben es erraten, Herr Polizist. Sie haben zwar gesagt, sie würden ihn eines Tages abholen, aber dann waren sie schneller weg als sie gekommen waren, und ich konnte auch nicht herausbringen, wie der Zirkus hieß und wo er sein Standquartier hatte. Der Renato ist schon von Geburt an nicht der Klügste und glaubt bis heute, dieser Zirkus wäre der einzige auf der ganzen Welt, und es gäbe keinen anderen. Lesen und schreiben kann er nicht, und seinen Familiennamen, so er je einen hatte, weiß er auch nicht. Oder er will ihn nicht sagen."

„Als die Italiener da waren, müssen doch auf der dortigen Gemeinde Genehmigungen für die Veranstaltung ausgestellt worden sein."

„Vor zwei Jahren ist dort das ganze Gemeindeamt abgebrannt, mit allen Schriftstücken. Und falls der Zirkus noch existiert, wird sich dort wohl keiner mehr für den

Renato verantwortlich fühlen. – Ich habe ihn zu meinem Faktotum gemacht, und im Rahmen seiner Möglichkeiten ist er recht anstellig und geschickt. Für die Schlossverwaltung gilt er als eine Art Findelkind, das ich angenommen habe. Ich bin sein Vormund. So bleibt er wohl bei mir, bis einer von uns stirbt."

„Wie steht er sich denn mit der Bevölkerung?"

„Ja, so einer findet schwer Gesellschaft und ist dann überglücklich, wenn sich überhaupt jemand mit ihm abgibt, wie zum Beispiel der Grasl und sein Anhang, bevor sie sich so grobe Späße mit ihm erlaubt haben. Vor ein paar Jahren hat sich eine Armenhäuslerin mit ihm zusammengetan, aber das hat nicht gehalten. Wenn die Pfarre etwas veranstaltet, tut er mit, so gut er kann. Und dann sind da natürlich die Romane."

„Romane? Er kann nicht lesen, haben Sie doch gesagt."

„Er liest sie nicht. Aber von Zeit zu Zeit gibt es in den Zeitungen Fortsetzungsromane. So wie derzeit im Kremser Stadtboten. Die Leute hier sind ganz verrückt danach und können es gar nicht erwarten, dass die Post mit der nächsten Lieferung kommt. Sie wissen ja, in solchen Romanen endet jedes Kapitel mit einer dramatischen Szene, und dann muss man eine Woche warten, wie sich die Chose entwickelt … Natürlich sind hier nur ganz wenige Exemplare des Stadtboten im Umlauf, und so hat der Lehrer einen Lesezirkel gegründet, eigentlich einen Zuhörzirkel, denn er liest vor, und sein Publikum lauscht. Da ist der Renato auch dabei. Die Handlung der Romane nimmt er für bare Münze."

Strasser dankt, ermahnt den Arzt, besser auf den Umgang des Renato zu achten, und verabschiedet sich. Im Hausflur sitzt Renato auf einem Schemel und werkelt an einem beschädigten Korb herum. Als er Strasser sieht, grinst er und winkt ihm zu. Ich habe einen Freund gefunden, denkt Strasser, auf den kann ich stolz sein.

Im Bericht, den Strasser am Abend schreibt, erwähnt er den Zustand des Arztes mit keinem Wort. Seine Aussage war klar und vernünftig, und alles andere geht ihn nichts an.

❧❦

Bei ihren nächtlichen Besuchen hat ihm Rosi in letzter Zeit immer etwas Gutes mitgebracht, ein Stück Gugelhupf oder Backene Mäus'. Zu Nikolaus ist es ein Lebzelt-Nikolo.

„Mein Schutzpatron!", sagt sie.

Strasser versteht nicht. Also muss sie ihm die Legende erzählen – in ihrer Version: Wie da drei Schwestern aufgrund ihrer Armut keine Ehemänner finden konnten und gezwungen waren, sich ihren Lebensunterhalt durch Prostitution zu erwerben. Tieftraurig waren sie, heißt es, als sie am Premierenabend Rouge auflegten und unzüchtige Gewänder anprobierten. Aber, meint Rosi, sie werden auch herzlich gelacht haben, als sie einander in dieser Aufmachung sahen, es waren doch junge Mädchen.

Der Heilige Nikolaus[7] ging da zufällig am Fenster vorbei und hörte sie. Um sie zu retten, warf er eine gutgefüllte Geldbörse durchs Fenster, und die Mädchen konnten ihre Ehre bewahren.

Strasser fühlt sich erbaut, aber Rosi hat ihre Zweifel. Wieso geht ein Heiliger in der Nacht allein spazieren, die Taschen voller Goldstücke? Wahrscheinlich wollte er gerade zu solchen Mädchen. Überhaupt glaubt sie, dass er ihnen das viele Geld nur gegeben hat, damit er ihr einziger Kunde sein durfte, was für ihn und auch für die Mädchen viel angenehmer gewesen sein muss.

Es ist das erste Mal, dass sie auf ihr eigenes Nebengewerbe anspielt, und Strasser sagt hingerissen: „Ach, könnt' ich doch nur dein Nikolaus sein!"

Rosi sieht ihn forschend an, dann lacht sie. „Einen Heiligen brauch' ich nicht, aber ein Sack voll Gold wär' nicht schlecht. Du vergisst halt leider: Das hier ist Ober-Bockstall!"

„Ich will hier nicht bleiben. Wenn ich Glück habe, nimmt mich die Wiener Polizei als Aspiranten. Dann kann ich auch wieder nach Hause."

„Warum erst dann?"

„Als Soldat darf ich mich dort nicht sehen lassen. In der Stadt gilt so einer nicht viel. Meine Eltern haben sich genieren müssen wegen mir."

„Ich muss auch von hier weg. Wenn mich der Hörndlwirt einmal hinauswirft, komm' ich in keinem anderen Wirtshaus unter."

---

[7] Bischof von Myra (Kleinasien) im 4. Jhdt.

Und nach einer Pause: „Was ist, Alois – nimmst du mich mit nach Wien?"

Strasser ist ein wenig erschrocken, denn mit ihrer direkten Art hat Rosi ihn ganz plötzlich vor eine Entscheidung gestellt. Sie hat nichts von Heiraten gesagt, das nicht, aber die Mädchen in ihrer Nikolaus-Legende haben Ehemänner gesucht – und was meint sie mit „Mitnehmen"?

„Wovon willst du in Wien leben?", sagt er, „Kellnerinnen gibt es da wie Sand am Meer. Und als Polizeianwärter werd´ ich keinen Sack Gold verdienen."

„Und … das andere?"

„Das andere … also mit so Einer darf ein Polizist nicht zusammenleben. Rosi, ich dürfte dich höchstens verhaften, wegen Unzucht, und dann bis du per Schub ganz schnell wieder in Ober-Bockstall, in der Obhut deiner Eltern. Du bist ja noch nicht einmal volljährig."

Rosi ist still geworden; so ganz hat sie die Sache noch nicht durchgedacht. Und obwohl die beiden bald wieder bei dem sind, was eigentlich der Zweck ihres Treffens war, ist das Thema nicht vom Tisch.

Auch Strasser muss nachdenken. Zu Anfang war Rosi für ihn „eine, bei der was geht", wie er und seine Kommilitonen es ausgedrückt hätten. Ein leichtes Mädchen. Aber einmal, als sie bei ihm war, hat ihn plötzlich – von einem Moment zum anderen und gegen jede Vernunft – ein Glücksgefühl durchströmt, wie er es noch nie erlebt hat und neben dem alles andere ohne

Bedeutung gewesen ist. Und er hat ihr sofort erzählt, dass er sich soeben in sie verliebt hat. Sie hat gelacht und gesagt: „Ja, der Moment kommt bei jedem einmal."

Dann ist sie ernst geworden und hat hinzugefügt: „Aber wenn du jetzt eifersüchtig wirst, dann ist es aus mit uns. Also fang´ nicht an damit!"

SIEBEN

Um dieselbe Zeit schlägt die Bestie wieder zu. Doch alles spielt sich ein wenig anders ab als bisher. Denn diesmal hat sie sich das falsche Opfer ausgesucht.

An diesem Abend essen König und Strasser daheim, im Polizistenhaus. Katharina hat ein Ungarisches Gulasch gemacht und die Suppe für Strasser wie üblich ein wenig stärker gewürzt; jetzt ist sie mit den Zwillingen in den Ort gegangen. König und Strasser haben noch nicht aufgegessen, da kommen die drei zurück, und die Zwillinge stürzen sich auf König, weil sie ihm etwas mitteilen müssen:

„Das Umgeheuer war wieder da, es hat die Frau Bügelmeisterin fressen wollen, aber die hat ihn abgefotzent."

Katharina kommt nach und bestätigt: „Die Dorfrichterin ist eine Weile verfolgt worden, aber dann hat sie sich umgedreht und dem Kerl das Tuch heruntergerissen und das Gesicht zerkratzt. Hat sie mir selber gesagt!"

„Es ist also ein Kerl, ein Mensch?"

„Ja, und sie hat ihn erkannt. Aber sie hat noch nicht gesagt, wer es ist. Das will sie nur ihrem Mann oder dem Justiziar verraten."

„Na, dann wissen wir es auch bald."

Und tatsächlich kommt Befehl vom Schloss: König und Strasser sofort zum Justiziar!

„Der Vorfall ist auf Herrschaftsgrund passiert, also ist die Herrschaft zuständig.", sagt der Justiziar. Man könnte daher meinen, dass der Unhold jetzt gefasst ist, aber der Justiziar hat seine Bedenken. Entweder habe sich die Frau geirrt, sagt er, das könne man aber bei der Frau des Dorfrichters, im Volksmund auch Bürgermeisterin, nicht so ohne weiteres behaupten. Oder sie hat sich nicht geirrt, dann sei es immer noch höchst zweifelhaft, ob der Täter auch für die früheren Angriffe verantwortlich gemacht werden könne. Da gebe es nämlich erhebliche Unterschiede.

„Und wer ist es?", will Strasser wissen.

„Ach so. Na der Grasl-Bua natürlich. Bei so blöden Scherzen kommt ja niemand sonst in Frage."

„Ja, es war ein blöder Scherz", sagt Strasser mit Bestimmtheit, „aber es war sein erstes Mal."

„Und wie kommt Er zu dieser Ansicht?"

„Ich habe bereits mehrmals den Sinn des Grasl für Humor kennengelernt, Herr Justiziar. Der Bursch ist nichts und kann nichts, fühlt sich aber zu Höherem berufen. Dass sein Vater ermordet worden ist, hat ihm auch nicht gutgetan. Und ihm ist langweilig. Jetzt macht er sich mit dem Wohlfahrtsausschuss wichtig, aber dazu braucht er derartige Vorfälle."

König fügt hinzu: „Außerdem ist der Grasl-Bua groß und gut gewachsen und entspricht in keiner Weise den Beschreibungen."

„Wir werden ihm Abwechslung verschaffen!", sagt der Justiziar, „Sie gehen und holen ihn. Er wird die Nacht im Kotter verbringen, das tut ihm gut und dient auch seiner eigenen Sicherheit, denn wenn die Leute einmal einen

Täter haben, kann ich für nichts garantieren. Morgen befrage ich ihn."

Als sie entlassen sind, sagt König: „Strasser, du gehst nicht mit!"

„Warum nicht?"

„Für den Grasl bist du ein rotes Tuch, der tut vielleicht etwas Unüberlegtes, wenn er dich sieht. Ich nehme einen von den Jägern mit."

Die Jäger sind nicht nur Jäger, sondern bei Bedarf auch Gerichtsbüttel, Henkersknechte und was die herrschaftliche Justitia sonst an Helfern braucht.

Also geht König zusammen mit dem Franzl, einem strammen Burschen, auf den man sich verlassen kann, wenn es brenzlig wird. Der Weg ist weit, denn aus olfaktorischen Gründen haust der Abdecker außerhalb der Ortsgrenzen.

Im Anwesen der Grasl verlangt König als erstes den Hausherrn zu sprechen, den Jungen Grasl, der mit seinem Neffen schon so manches erlebt hat und sich nur mehr über wenig wundert. Der Junge Grasl schüttet ihm sein Herz aus:

„Ich sag' Ihnen, Herr Feldwebel, nehmen Sie sich keinen von der Familie ins Haus. Der Bub macht, was er will, er anerkennt mich weder als Onkel noch als Vormund. Seiner Mutter folgt er schon gar nicht. Aber was er jetzt gemacht hat, das ist die Höhe!"

Die Mutter steht in der Nähe und hält sich ein Taschentuch vor die verweinten Augen, sagt aber nichts. Den Neffen treffen sie in seiner Kammer an, wo er gerade mit Ringelblumensalbe die Kratzer verarztet, die ihm die Dorfrichterin verpasst hat. Der Fellmantel, mit dem er verkleidet war, liegt noch auf dem Bett.

König sagt: „Grasl! Er hat heute eine Frau tätlich anzugreifen versucht, deshalb muss Er mitkommen. Mach´ Er keine Umständ´!"

Obwohl der Grasl damit rechnen hat müssen, verliert er sofort die Fassung und leugnet alles ab. König erklärt ihm in seiner ruhigen, geradezu melancholischen Art, dass er ihn in jedem Fall, also auch als Leugnenden, ja sogar als Unschuldigen, ins Schloss bringen müsse, worauf der junge Mann unter Wutgeheul davonzulaufen versucht. Dazu muss er an König vorbei, der in der Stubentür steht, und rennt ihn einfach nieder. Er selber stürzt ebenfalls, kopfüber in den Hof, wo ihn Franzl in Empfang nimmt und ihm den Arm weiter auf den Rücken dreht, als man es anatomisch für möglich halten würde. König kommt hinzu und spricht die Festnahme aus. Die Mutter beginnt laut zu heulen, beruhigt sich aber, als Franzl seinen Griff lockert. Der Onkel und Vormund nimmt die Sache gelassen.

Die Überstellung des Grasl ins Schloss geht unter reger Anteilnahme des Publikums vor sich, soweit jemand bei diesem Wetter auf der Straße ist. Noch weiß man nicht genau, was der Grund seiner Festnahme ist, aber schon die Tatsache allein findet Beifall.

Unterwegs leistet er sich noch einige Zornausbrüche, die ihm aber nichts als weitere Beulen und blaue Flecken eintragen. In etwas beschädigtem Zustand wird er von

Franzl in die Gerichtskanzlei gebracht und vor dem Schreibtisch aufgestellt.

Der Justiziar teilt ihm mit, wessen er verdächtigt wird; das umfasse auch frühere Angriffe auf Frauen. Dazu werde er verhört werden und außerdem Fünfundzwanzig mit dem Haslinger ausfassen.

„Ich hab' gemeint, die Folter wär' abgeschafft", sagt Grasl und schaut aufmüpfig.

„Das ist keine Folter, sondern eine Strafe, für den Fluchtversuch und für den Angriff auf den herrschaftlichen Ordnungshüter Ludwig König. Aber damit Er sieht, dass die Fünfundzwanzig nichts mit seiner Aussage zu tun haben, lass' ich Ihm die Wahl, ob Er sie vor oder nach dem Verhör haben möchte."

Nach einigem Nachdenken bittet Grasl, seine Aussage noch heute Abend machen zu dürfen und die Fünfundzwanzig erst morgen zu bekommen. Der Justiziar, der eigentlich zu Abend essen wollte, gestattet es seufzend.

Beim Verhör ist Strasser wieder dabei, als Wache, denn König, der bei dem Sturz einige Prellungen davongetragen hat, ist bei Katharina in häuslicher Pflege. Der Sekretär des Grafen macht den Schriftführer, nach Diktat des Justiziars. Grasls Aussage bringt keine Überraschungen. Langweilig sei ihm und seinen Freunden halt gewesen. Mit den früheren Vorfällen hätten sie nichts zu tun. Seine Freunde hätten ihn weder angestiftet noch unterstützt, höchstens sich seinen Streich aus der Ferne angesehen. Aber keiner hätte damit gerechnet, dass die Dorfrichterin sich dermaßen wehrhaft erweisen würde.

Und dann fügt er mit einiger Überwindung hinzu, dass ihm beide Vorfälle, der mit der Dorfrichterin und der mit König, leidtun würden. Das Protokoll wird ihm vorgelesen, er unterschreibt und wird in den Kotter eskortiert.

Um Zehn am folgenden Morgen hat man schon die Bank vor das Schlosstor gestellt. Daneben steht der Delinquent, den Kopf gesenkt und den Hut in den Händen drehend. Er ist dem Anlass entsprechend gekleidet, das heißt, er hat lederne Kniehosen angezogen, die ihm sein Onkel in den Kotter gebracht hat. Er hat ein Frühstück bekommen, und der Dr. Faber hat ihn durchs Gitter betrachtet und gesagt, er kenne ihn seit Jahren; das sei ein kräftiger Bursche, der die Fünfundzwanzig schon aushalten könne. Das Schlossgesinde steht im eisigen Wind herum oder drängt sich an den Fenstern, und auch vom Dorf sind viele da. Strasser erkennt mindestens einen der Burschen aus dem Wohlfahrtsausschuss; der hält sich aber in einiger Entfernung und hofft, dass ihn der Grasl nicht sieht. Renato hingegen steht in der vordersten Reihe und grinst. Offenbar ist die bevorstehende Prozedur auch ihm schon zuteilgeworden.

Der Justiziar verkündet, aus welchen Gründen der Grasl jetzt seine Tracht Prügel bekommen werde. Und man könne anfangen.

Auch Grasl weiß schon, was jetzt kommt, und legt sich bäuchlings auf die Bank. Einer der Jäger hält seine Beine;

Strassers Platz ist am Kopfende, wo er die vorgestreckten Arme des Delinquenten festhalten muss. Er hat gebeten, ihn von diesem Henkersdienst zu entbinden, doch umsonst.

Der Jäger Franzl tritt vor, die Haselrute, Haslinger genannt, in der Faust. Zwei weitere Ruten hat er als Ersatz mitgebracht. Er legt den Rock ab, schaut sich im Kreis um, lächelt mild, wie ein beliebter Schauspieler vor seinem Publikum, und lässt den ersten Hieb auf den strammgezogenen Hosenboden des Grasl niedersausen. Und dann, in gemächlichen Intervallen, folgen die weiteren vierundzwanzig, von denen jeder einzelne, so die Theorie, den Grasl zu einem besseren Menschen macht.

Strasser bemüht sich, dem Grasl während der Exekution nicht ins Gesicht zu schauen; es erinnert ihn zu sehr an den Tag, als er – damals schon Invalider – Hendln halten hat müssen, die mittels Enthauptung geschlachtet worden sind. Stattdessen schaut er in den Winterhimmel, wo die Krähen fliegen.

Grasl hat nicht geschrien, aber er hat Tränen in den Augen, als er gebessert aufstehen darf. Dem Strasser wirft er einen hasserfüllten Blick zu, als der seine Handgelenke loslässt.

„Was meinst du, König, was wird mit dem Grasl, jetzt nach seiner Strafe?", fragt Strasser, als sie durch den Schlossgarten heimwärts marschieren.

„Was soll sein mit ihm?"

„Na, ich meine, ob er sich ändern wird."

„Beim Militär hab´ ich ein paar gesehen, die den Stecken bekommen haben. Keine Fünfundzwanzig, schon ein bisserl mehr. Oder die Spießruten. Und nicht nur einmal. Von einer Änderung keine Spur. Meiner Meinung nach hätte man sie gleich aufhängen können, es wär´ um keinen von ihnen schade gewesen.“

„War das ihre Natur, meinst du, oder hat erst der Haslinger sie dazu gemacht?“

„Ja, über die Frage nach Ursache und Wirkung streiten die Gelehrten. Aber viele halten diese Strafen für barbarisch. Du hast ja selber erlebt, dass die Österreicher in Italien unten durch sind, weil sie den Stock mitgebracht haben. Die Menschen dort haben das vorher gar nicht gekannt. Und die Franzosen haben das Prügeln beim Militär ganz abgeschafft. Sicher – bei uns gibt es Bären, die nicht einmal die Kommandosprache verstehen, da muss man sich halt irgendwie verständlich machen. Aber ich glaube, das ginge auch anders.“

„Wie denn?“

„Das darfst du mich nicht fragen, das ist zu hoch für einen invaliden Feldwebel. Sollen sich doch die hohen Herren darüber den Kopf zerbrechen, die Erzherzöge, die schon bei der Geburt Generalsrang haben, oder der Herr von Sonnenfels[8] ...“

---

[8] Österr. Schriftsteller der Aufklärung, wirkte an der Justizreform von Joseph II. mit.

ACHT

Jetzt wollen der Justiziar und der Dorfrichter eine Versammlung einberufen. Das wenigstens hat der Grasl-Bua mit seinem unglückseligen Streich erreicht. Sie hoffen auf Hinweise aus der Bevölkerung, vielleicht auch Anschuldigungen und Bezichtigungen, denn sie sind davon überzeugt, dass die Leute mehr wissen, als sie zugeben. Vielleicht über einen, der gern aufs Feld hinausgeht, wenn es grad dunkel wird, und der schon immer „eigen" war. Oder es meldet sich einer, der etwas draußen gesehen hat, aber bisher nicht reden hat wollen, weil er damals grade beim Weinbeerstehlen war. Oder ein weiteres Opfer, das bisher den Mund gehalten hat, jetzt aber den entscheidenden Hinweis liefert …

König ist skeptisch. „Wenn schon die Leut' nicht einmal in der Nacht zu uns kommen", sagt er, „dann werden sie vor der versammelten Gemeinde erst recht nicht das Maul aufmachen."

Obwohl der Justiziar ähnliche Bedenken hat, wird die Versammlung ausgetrommelt und angeschlagen und die Schank des Hörndlwirts zur Ratsstube gemacht. Auf der Estrade, wo sonst die Musik spielt, steht ein Tisch. An dem sitzen der Justiziar und der Dorfrichter. Obwohl der Dorfrichter viel geringere Kompetenzen hat, ist der Justiziar ganz kollegial mit ihm. Der Gemeindeschreiber macht den Protokollführer. Unten, in der ersten Reihe, sitzen der Chirurgus, der Lehrer, der Dechant und der herrschaftliche Förster. Dahinter das Volk, zum Teil auf den noch übrigen Stühlen, zum Teil um die Schank gedrängt. Man beginnt am frühen Nachmittag, denn der Hörndlwirt will an Kerzen sparen; dass die Sache bis lange nach Mitternacht dauern wird, kann er noch nicht wissen. Fast jeder Mann im Publikum hat seine Tabakspfeife mitgebracht, und schon nach kurzer Zeit ist der Raum so verraucht, dass man die Rehkrickeln und Hirschgeweihe an den Wänden kaum mehr sieht.

Strasser und König, in Uniform, sollen für Ruhe und Ordnung sorgen. Was aber nicht hindert, dass sie sich zur Einstimmung ein paar Glas Hornerbier bestellen. Strasser fällt auf, dass heute der Hörndlwirt persönlich bedient.

„Ja", sagt der, „die Rosi ist gestern zu ihren Eltern gegangen, ihnen ein Geld bringen. Dem Boten traut sie nicht. Sie sollte aber bald wieder da sein."

„Warum bringt sie ihren Eltern Geld?"

„Na, das sind doch Kleinhäusler, beide krank. Der Vater hat die Wassersucht."

Von der Krankheit der Eltern hat sie ihm erzählt; dass die beiden auf ihren Lohn und ihre Nebeneinnahmen angewiesen sind, ist ihm neu, obwohl es eigentlich auf der Hand liegt.

Recht bald ereignet sich die erste Störung, als der Schuster, ein notorischer Querulant, aufsteht, ohne dass ihm das Wort erteilt worden ist, und wissen will: „Wie kommt es, dass der Grasl-Bua noch immer frei herumrennt? So einer gehört eing´sperrt, jawohl!"

Ein zustimmendes Raunen geht durch das Publikum.

Der Justiziar deutet Strasser und König, dass sie noch nicht einschreiten sollen, und antwortet dem Schuster:

„Es gibt keine Beweise dafür, dass er auch für die früheren Angriffe auf Frauen verantwortlich ist. Da passt nichts zusammen. Für das, was er gemacht hat, hat er bereits seine Strafe bekommen, im Gesicht und auf dem Hintern" – Hier legt er eine Pause ein, denn jetzt kommt das erwartete Gelächter – „und die Frau Dorfrichterin besteht nicht auf Bestrafung oder Schadensgutmachung. Außerdem rennt er nicht frei herum. – Das ist der Grund."

Der Schuster murrt vor sich hin, gibt aber vorderhand Ruhe.

Der Justiziar setzt fort: „Was wir jetzt brauchen, sind Leute, die etwas wissen und sich trauen, darüber auch zu reden. Denn wenn der Täter ein Mensch ist, wie ich annehme, und kein Bär oder Riesenwolf, dann kommt er aus dem Ort oder der Herrschaft oder ist wenigstens aus unserer Gegend. Jeder kann heute hier sagen, was er denkt, und er soll keinen Nachteil davon haben, wenn er sich geirrt hat. Und der nächste, der dreinredet, bevor er das Wort hat, zahlt Strafe."

„Damit", sagt er, „komme ich zum Thema. Wir sind hier, um über eine Reihe von seltsamen Missetaten zu beraten, die vieles sein können, vom schlechten Spaß bis zum Versuch eines schweren Verbrechens. Noch ist niemand zu Schaden gekommen, und wir wollen, dass es so bleibt. Ich übergebe das Wort meinem Herrn Kollegen".

Der Dorfrichter sagt: „Es sind Vorfälle, die bisher nicht weithin bekannt geworden sind; wenn sie aber bekannt werden, kann es sein, dass kein Mensch mehr in unsere Gemeinde kommt, um hier zu arbeiten oder Handel zu treiben. Oder um sich zu kurieren. Damit meine ich die Schwefelquelle, die kürzlich auf Gemeindegebiet entdeckt worden ist und die uns reich machen könnte, wenn wir ein Heilbad werden wie Baden bei Wien oder Pirawarth – sofern uns dieser Verbrecher nicht unseren guten Ruf ruiniert.“

„Wer sagt, dass es kein Tier ist?“. Das war jetzt der nächste Zwischenruf.

„Was meint der Förster dazu?“, fragt der Justiziar. Der Förster steht auf und sagt:

„Ich habe in meinen dreißig Jahren als Jäger und Förster dieser Herrschaft noch kein Tier erlebt oder von einem solchen gehört, das sich so verhält wie dieses Wesen. Ein Tier, das nur Frauen angreift, wo gibt's denn das? Und sie dann alle entkommen lasst! Das widerspricht jeder zoologischen Wissenschaft. Leutln, seid's doch nicht sooo blöd!“

Schüttelt den Kopf und setzt sich.

„Und wenn es ein Dämon ist?“, kommt es aus der Menge.

„Oh, jetzt geht's um Dämonologie“, sagt der Justiziar, „Ist das eine ernstgemeinte Frage? Ja? Dann hat der Hochwürdige Herr Dechant das Wort.“

Dem Dechant, einem aufgeklärten Priester, ist die Frage sichtlich unangenehm, aber antworten muss er.

„Ähem. Die Heilige Kirche bestreitet die Existenz von Dämonen nicht rundheraus, sieht aber ihr Wirken heutzutage in anderer Weise als früher. Wenn diese Wesen Böses tun wollen, dringen sie wohl ins Gemüt der Menschen ein, dafür bietet uns die Weltlage Beweise genug. Aber sie haben es gewiss nicht notwendig, Menschen zu jagen und dabei zu brüllen wie ein wildes Tier. Meine feste Überzeugung ist, dass wir es mit einem irdischen Wesen zu tun haben. Bittgänge oder Bußprozessionen wären nichts als ein Frevel."

„Und wenn es ein Besessener ist, wie der in der Bibel?" will der Zwischenrufer wissen.

Der Dechant muss eine Weile überlegen. „Er meint das Evangelium mit den Gadarenischen Schweinen[9] . Ja, wenn ein böser Geist, also ein Dämon in einen Menschen gefahren ist, dann ist das ein Kranker, der im Normalfall einen Arzt braucht oder, wenn er nicht geheilt werden kann, in den Narrenturm gehört."

„Oder gleich aufgehängt!", meldet sich der Schuster wieder.

„Und der Dechant gehört in den Narrenturm!", ertönt es aus der Menge.

Das war jetzt derselbe Anonymus wie vorhin. Strasser hat ihn jedoch erkannt, es ist ein Bauer, der als Streithansl bekannt ist und sich noch mit jedem seiner Nachbarn angelegt hat; Unterstützung beim Publikum findet der sicher nicht. Er drängt sich durch die Menge zu ihm und

---

[9] Im Markus- und Lukas-Evangelium

empfiehlt ihm leise, entweder sein Maul zu halten oder die Versammlung zu verlassen. Danach hört man von ihm nichts mehr.

Dafür gibt es ein Gedränge beim Eingang. Keine Provokation oder Streiterei, es ist etwas Ernstes. Ein Mann mit eisverkrusteter Pelzmütze verlangt Einlass, er habe dem Justiziar oder auch dem Dorfrichter, welcher von den zweien sei ihm egal, dringend etwas mitzuteilen. König ordnet an, dass man den Mann einlässt, und geleitet ihn zur Estrade. Der Mann verbeugt sich tief, vergisst dabei, die Pelzmütze abzunehmen und sagt etwas, zwar mit leiser Stimme, aber sichtlich mit tiefer innerer Bewegung. Die drei am Tisch fahren entsetzt zurück. Der Justiziar stellt ein paar Fragen, dann steht er auf und tritt an den Rand des Podiums. Das ist so ungewöhnlich, dass alle Diskussionen im Saal ersterben.

„Gerade wird uns gemeldet", sagt er, „dass dieser Mann da und andere Waldarbeiter eine Frauenleiche gefunden haben. Da sie auch Blut gesehen haben, könnte es sich um eine Mordtat handeln."

Die Ruhe im Saal hält noch ein paar Augenblicke an, aber dann geht es los. Ohne jede Zurückhaltung werden Fragen hinausgeschrien und vom Präsidium beantwortet, so gut es geht.

Wo? – Am Hirschenbühel, sagt der Mann, im Wald, nicht weit vom Weg.

Wer ist die Leich'? – Das wissen wir noch nicht.

Wann war das? – Wie sollen wir das wissen??

Wer hat's getan? – Das herauszufinden wird unsere Arbeit sein, außer der Täter gibt sich selber an.

Das war der Grasl! – Sicher nicht. Der Grasl-Bua hat beim Onkel Hausarrest.

Und so weiter. Aber jetzt steht der Dorfrichter auf und haut auf den Tisch, dass die Gläser eine Handbreit hochspringen.

„Maulhalten, die ganze Gemeinde! Ich versteh' ja, dass ihr neugierig seid's, aber jetzt muss etwas getan werden, Herumschreien wie die alten Weiber nützt nichts. Ich überlasse alle weiteren Anordnungen dem Herrn Justiziar, der hier in Vertretung des Grundherrn ist."

Der Justiziar wartet, bis sich das Getöse im Saal wieder gelegt hat. Dann fängt er an, mit sehr ruhiger Stimme und ohne jede Ironie. Er ist in seinem Element.

Zunächst, sagt er, müssten Strasser und König ihre Mäntel und Ausrüstung holen, sodann geführt von dem Holzfäller, mit einem Fuhrwerk an den Tatort fahren und die Leiche bergen. Zugleich auch nach Spuren suchen, soweit das in der Dunkelheit möglich wäre. Diese Suche müssten sie am kommenden Morgen wiederholen. Jemand solle sich melden, der ein Fuhrwerk bereitstellen kann; die Kosten würden ihm von der Gemeinde ersetzt werden. Die Tote sei in die Schlosskapelle zu bringen, wo der Herr Chirurgus sie zu untersuchen und die Todesursache festzustellen habe. Wäre die Tote nicht bekannt, müssten die Gemeindemitglieder sie besichtigen. – Und dem Boten seien vorher noch ein Paar Würstel und ein Viertel Wein auf Kosten der Herrschaft zu verabreichen, weil er ja den Weg zweimal machen müsse.

Der Hörndlwirt ist ganz bleich geworden und stürzt einen großen Obstler hinunter. „Ich glaub'", sagt er, „ich geh' mit in die Schlosskapelle, dann brauchen wir die anderen vielleicht gar nicht." Strasser sagt nichts, aber eine schreckliche Ahnung steigt in ihm auf.

Wieder ein Zwischenruf: „Warum gehen wir nicht alle und suchen die Gegend ab!"

Und sofort wird ihm geantwortet: „Du Trottel, glaubst du, der Mörder wartet auf uns?"

„Wer ist bei dir ein Trottel? Komm her, wenn's dich traust!"

Jetzt ist es nur eine Frage der Zeit, bis die Watschen fliegen. Strasser und König haben das Temperament der Ober-Bockstaller schon des Öfteren erlebt.

Der Justiziar beruhigt: „Ich fürchte, die Tat ist schon gestern verübt worden. Der Mörder ist fort, vielleicht sitzt er gemütlich daheim. Ja, ich muss sagen, vielleicht ist er sogar hier im Saal, aber sicher nicht am Ort des Verbrechens. Und eine große Menge Leut' tät' nur die Spuren verwischen."

NEUN

König und Strasser gehen ins Polizistenhaus, ihre Mäntel und Laternen holen, dann wieder zurück zum Hörndlwirt, wo sie den Holzfäller treffen, der sie führen wird und gerade aufgegessen hat.

Draußen wartet ein Bauer mit seinem Leiterwagen. Die Wagenlaterne brennt schon.

„Du sitzt vorn!", sagt König zu Strasser. Strasser begreift später: König wollte es ihm ersparen, auf der Rückfahrt neben der Toten zu sitzen.

„Wohin?", fragt der Bauer

„Jetzt einmal Hintaus!", sagt der Holzfäller, und der Leiterwagen setzt sich in Bewegung.

Hinter den Höfen am Schloßgassel und von diesen meistens durch den Stadel getrennt liegen die Obstgärten, „Hintaus" genannt. Dann kommen die Felder; jenseits dieser Felder verläuft ein Feldweg, der Hirschenbühelweg, gleichfalls „Hintaus" genannt. Von den Gärten gelangt man leicht auf diesen Feldweg, und König und Strasser haben schon gehofft, dass Leute, die unbemerkt eine Anzeige erstatten wollen, auf diesem Weg zu ihnen kommen werden. Was sich bisher nicht erfüllt hat.

Mehr um sich abzulenken als aus echtem Interesse fragt Strasser: „Sag', König, hast du den Menschen in Schwarz gesehen?"

„Die Bauern waren doch alle in Schwarz."

„Ja, aber einen, der ausgeschaut hat wie ein Beamter. Und der hier fremd war.“

„So einen hab ich nicht gesehen.“

„Er war aber da; ich glaub´ fast, der hat ein Zimmer beim Hörndlwirt und ist nur zufällig in die Wirtsstube gekommen, weil er den Wirbel gehört hat. Ich hab´ ein schlechtes Gefühl dabei, der könnt´ aus der Stadt gewesen sein, vielleicht wegen der Heilquelle.“

König zuckt die Achseln. Ihm ist es egal. Die Heilquelle ist eine Glücksvision seit Jahren, aber es wird nie etwas daraus. Jetzt interessiert sich angeblich eine Bank dafür.

Der Hirschenbühelweg verläuft noch eine Strecke weit parallel zum Schlossgassl, dann biegt er rechts ab, zum namensgebenden Bühel hin. Die Fahrt ist lang; so weit sind König und Strasser auf ihren Kontrollgängen gar nicht gekommen, und noch immer geht es weiter. Der Wald reicht jetzt stellenweise bis an den Weg heran, eine Gelegenheit nach der anderen für einen erfolgreichen Hinterhalt.

„Stehenbleiben!“, sagt der Holzfäller plötzlich. Alle steigen ab, und der Holzfäller führt sie ein paar Schritt in den Wald. Gar nicht weit, dann ist vor ihnen Geraschel und Bewegung, und im Unterholz liegt etwas, das wie ein Bündel Fetzen aussieht, und zwischen den Fetzen ist weiße Haut.

„Da ist sie“, sagt der Holzfäller, „Gott gebe ihr die ewige Ruh´“.

Aber ihre Ruhe auf Erden hat sie nicht, denn schon machen sich Tiere an dem Bündel zu schaffen, Füchse oder Wölfe. Sie zerren daran und knurren einander an. Ihre Augen leuchten im Fackelschein. Mit einem Fluch reißt Strasser die Kugelbüchse von der Schulter, spannt und feuert mitten in eines dieser Augenpaare. Ein Aufheulen, und die Tiere stieben auseinander. Der Bauer und der Holzfäller schauen ihn entgeistert an.

„Ruhig, Kamerad", sagt König, „es nützt doch nichts".

Dann sind sie bei der Toten. Auch der zweite Holzarbeiter, der eigentlich Totenwache halten sollte, taucht jetzt auf und versucht zu erklären, dass er vor den Wölfen Angst gehabt und sich deshalb versteckt habe, und so weiter.

König winkt ab.

Brust und Gesicht der Toten sind von gestocktem Blut bedeckt, ob von der Mordtat oder vom Tierfraß, das sieht man jetzt nicht. Am Kopf hat sie noch das Bonnet, so dass ihre Haarfarbe nicht zu erkennen ist. Sie trägt ein Umhängetuch und darunter ein Wollkleid, wie so ziemlich jede Frau in dieser Gegend und zu dieser Jahreszeit. König und die Holzarbeiter halten sich nicht lange mit diesen Dingen auf; ihr Befehl ist, sie ins Schloss zu bringen, egal wer sie ist.

König befiehlt Strasser, zum Wagen zurückzugehen. Dann heben er, die beiden Holzfäller und der Bauer die Tote auf. Sie ist steifgefroren, und die Totenstarre hat eingesetzt, so dass sie sich tragen lässt wie ein Brett und leicht auf den Wagen zu heben ist. König deckt ihr Gesicht mit ihrem Umhang zu.

Der Bauer wendet den Wagen, was auf dem schmalen Weg mühsam und langwierig ist, und dann beginnt der Rückweg. Strasser zittert am ganzen Körper, vor Aufregung und Kälte. Er könnte mit Leichtigkeit feststellen, ob seine schreckliche Vermutung zutrifft; er kennt Rosis Garderobe und noch mehr ihren Körper bis ins letzte Detail. Aber solange er es nicht tut, könnte es immer noch sein, dass er sich geirrt hat.

Als sie auf den Hauptplatz einbiegen, befiehlt König dem Strasser, abzusteigen und beim Hörndlwirt zu melden, dass man zurück wäre. Der Wagen fährt weiter, zum Schloss, wo die Tote aufgebahrt wird, auf einer Bank im Vorraum der Kapelle. Der Justiziar ist sich nämlich nicht sicher, ob eine Prosektur in der Kapelle selbst nicht eine Desekration des Ortes darstellen und eine neuerliche Weihung notwendig machen würde.

Beim Hörndlwirt herrscht ein Gedränge wie zuvor; nur wenige sind nach Hause gegangen. Der Chirurgus hält sich an einem Glas fest. Seine Hände zittern, und auf der Stirn steht ihm der Schweiß.

„Was haben Sie?", fragt Strasser, „Sie sind ja in einem schrecklichen Zustand."

Das Gesicht des Arztes hellt sich auf, er ist sichtlich froh, reden zu können:

„Ihnen kann ich es ja sagen. Ich soll eine Prosektur vornehmen. Es ist nur leider so, dass ich kein Blut sehen kann. Obwohl ich Chirurgus genannt werde, fällt es mir schon schwer, jemanden zur Ader zu lassen, und der Gedanke, mit dem Skalpell in einen Körper hineinzuschneiden, ob lebend oder tot, ist mir entsetzlich. In früheren Zeiten hatte der Chirurgus für diese Dinge einen Bader oder Wundarzt, dem das nichts ausgemacht hat, jetzt muss er das selber machen. Ich habe ja auch kaum Übung. Die Leute hier sind zäh, sie misstrauen der Medizin und werden dabei steinalt. Ihre Verletzungen heilen auch ohne Arzt ganz gut. – Ich bin in erster Linie Internist. Die Operationen, die ich in zwanzig Jahren gemacht habe, die macht ein Militärarzt im Krieg in ein paar Tagen. – Der Bader vom Ort muss mir assistieren."

„Nur Mut", sagt Strasser, „die heutige Patientin spürt nichts mehr. Da kann nichts schiefgehen."

Dr. Faber blickt ihn erstaunt an. Strasser wundert sich ja selber über seinen Zynismus, er schämt sich dafür und spürt zugleich, dass er so reden muss, um nicht in Tränen auszubrechen. Doch das wird noch kommen.

Der Arzt erhebt sich leise schwankend, um ins Schloss zu gehen. Seltsam, denkt Strasser, eine solche Empfindsamkeit, die meisten Landärzte haben doch ein Gemüt wie ein Fleischerhund.

Inzwischen berichten König und Strasser dem Justiziar und dem Dorfrichter. Vor allem, dass sie zwar nach Gegenständen gesucht, aber nichts gefunden haben, was am Waldboden und in der Dunkelheit kein Wunder gewesen ist.

Nach zwei Stunden kommt die Untersuchungskommission zurück. Der Dorfrichter, der während dieser Rede heftig schlucken muss, verkündet: Man habe es hier mit der Leiche der Rosalia Honsik zu tun, siebzehn Jahre alt, BedIente hier im Wirtshaus, wohnhaft im Ort und ortsbekannt. Das würde sich aus Briefen ergeben, die sie bei sich getragen habe, und der Chirurgus habe es bestätigt. Sie habe einen gewissen Geldbetrag bei sich gehabt, der sicherlich für ihre bedürftigen Eltern bestimmt gewesen sei. Der Hirschenkogelweg sei bekanntlich der Weg zum Haus ihrer Eltern.

Dann ist Dr. Faber an der Reihe. Er hat sich etwas gefangen. Der Justiziar erinnert ihn eingangs an die Pflichten eines Sachverständigen, wie sie im Gesetz der großen Maria Theresia aufgezeichnet und von ihren Nachfolgern bestätigt worden sind. Der Arzt stellt sich in Positur und beginnt:

„Ich habe die Leiche einer jungen Frau untersucht und seziert. Die Tote war in gutem Ernährungsstand und ohne Anzeichen einer Krankheit. Sie hat keine alten Verletzungen aufgewiesen, dafür aber zahlreiche Verletzungen aus jüngster Zeit. Die meisten davon waren geringfügiger Natur und sind *post mortem* eingetreten, vermutlich durch Tierfraß. An den Unterarmen und den Handgelenken haben sich Blutunterlaufungen gefunden; das Haupthaar war teilweise ausgerissen, was meiner Meinung nach auf einen Kampf hindeutet. Eine schwere Verletzung war an der linken Schädelseite. Die wurde ihr noch zu Lebzeiten zugefügt. Ob diese Verletzung den Tod herbeigeführt hat, ist schwer zu sagen, denn etwa zur gleichen Zeit ist die linke Seite des Brustkorbs durch ein scharfes Werkzeug eröffnet worden, was zu einem Pneumothorax und zu einer Durchtrennung von Blutgefäßen geführt hat. Soll heißen, die Lunge ist zusammengefallen, und es ist zu inneren Blutungen gekommen. Zum Zeitpunkt dieser Verletzung war die Frau aber schon tot, oder wenigstens nicht mehr bei Bewusstsein. Ich habe sie gekannt; doch war es nicht meine Aufgabe, sie zu identifizieren."

„Hat sich der Mörder an ihr geschlechtlich vergangen?", fragt der Justiziar.

„Dafür gibt es keine Hinweise."

„Und wann war der Mord vermutlich?"

„Gestern, genauer kann ich es nicht sagen."

„Die Verletzung war also in der Herzgegend?"

„Ja ... Jawohl."

„Ist es dabei auch zu einer Verletzung des Herzbeutels gekommen?"

Der Arzt zuckt zusammen und windet sich, als ob gerade diese Frage ihm körperliche Schmerzen bereiten würde; dann beginnt er Unverständliches zu stottern, was umso bestürzender ist, als er sich sonst, selbst in bezechtem Zustand, klar und deutlich auszudrücken versteht.

„Haben Sie die Frage verstanden?", sagt der Justiziar befremdet.

„Ja …“

„Dann antworten Sie!“

Jetzt steht der Arzt stocksteif da. „Ich bitte, diese Frage *in camera caritatis* beantworten zu dürfen!“, sagt er.

Da verschlägt es sogar dem Justiziar die Rede. Die Bauern, von denen die wenigsten je an einer Totenbeschau teilgenommen haben und die auch nicht wissen, was *in camera* bedeutet, merken immerhin, dass hier ein Teil des Gutachtens ihnen vorenthalten werden soll, und beginnen zu murren.

„Herr Doktor“, sagt der Justiziar, „was Sie sich da vorstellen, ist ganz und gar unmöglich. Umso mehr, als Sie keine Gründe für diesen bizarren Antrag vorbringen können. – Also?“

„Ich kann Ihre Frage nicht beantworten!“

„Und warum nicht?“

Nach einer langen, überlangen Pause:

„DA WAR KEIN HERZ.“

In der Wirtsstube wird es totenstill.

„Wollen Sie damit sagen, dass Sie bei Ihrer Prosektur kein Herz vorgefunden haben?“

„So war es. Der Herr Bader kann es bezeugen.“

„Haben Sie eine Erklärung dafür?“

Bevor der Arzt antworten kann, erhebt sich eine Stimme wie das Geheul eines gepeinigten Tieres, und Strasser meint, dass jemand dem Benno, dem Wirtshaushund, auf die Pfoten oder den Schwanz getreten ist, was gelegentlich vorkommt. Justiziar und Dorfrichter sind aufgesprungen, der Arzt ist auf seinen Sitz niedergesunken und vergräbt den Kopf in den Armen. Die Schreie scheinen von überall her zu kommen. Manche in der Wirtsstube falten die Hände, Lippen bewegen sich im Gebet. Manche recken die Hälse, um die Ursache zu finden. Doch das Geschrei hört plötzlich auf, dafür ist an einer Stelle in der Menge Bewegung; eine ältere Frau ist zusammengebrochen, zuckt aber, als ob sie die Fraisen hätte, und stammelt Unverständliches, nicht mehr laut, aber sehr rasch und eindringlich.

Einige aus dem Publikum bemühen sich um die Frau, reden auf sie ein. Der Justiziar flüstert mit dem Arzt, er fordert ihn wohl auf, der Frau zu helfen. Aber der Arzt scheint nicht zu hören. Der Bader drängt sich durch die Menge.

„Lasst's mich durch", sagt er, „ich red' mit ihr."

„König und Strasser", ruft der Justiziar, „bringen Sie die Frau ins Extrazimmer und lassen Sie keinen hinein außer dem Herrn Wundarzt!"

König, Strasser und der Bader helfen der Frau auf die Beine; der Hörndlwirt sperrt das Extrazimmer auf. Drinnen setzen sie die Frau auf eine Bank. König stellt sich an die Tür. Der Wirt kommt mit einem großen Obstler, den die Frau dankbar annimmt und in einem Zug hinunterstürzt.

Strasser redet auf sie ein. Er spürt, dass es ziemlich gleichgültig ist, was er sagt; nur leise und freundlich muss es sein, und er darf sie zu keiner Antwort drängen. Die

Frau hört aufmerksam zu. Zum ersten Mal in seinem Leben hat Strasser eine unbestimmte Ahnung, dass er das kann und dass es seine Berufung sein könnte: Mit Leuten reden und etwas von ihnen erfahren.

Der Justiziar kommt dazu, er darf herein, mischt sich aber nicht ein, weil er sieht, dass die Frau zu Strasser Vertrauen gefasst hat.

„Will Sie uns erzählen, was Sie da grade gehabt hat?", sagt Strasser, „Sie kann jetzt unbesorgt reden, vielleicht fangt Sie damit an, dass Sie uns einmal sagt, wer Sie ist?"

„Die Mühlbauerin Margarete, Wittib. Von hier. Bei Siebmavierzig Jahr'."

Aber mehr ist aus ihr nicht herauszubringen. Bis der Bader, der etwa im selben Alter ist wie sie, sie anredet:

„Mühlbauerin, ist dir vielleicht grad was eing'fallen, was einmal passiert ist? So vor fuffzehn Jahr?"

Die Frau sagt nichts, widerspricht aber auch nicht und schaut ihn nur mit großen Augen an.

„Hat dich die Sach' mit der Honsik Rosi an das erinnert?"

Die Mühlbauerin nickt zaghaft.

„So fünf oder sechs Madl waren's damals, gelt? Eine war noch ein Kind."

„Ja ..."

„Und eine ist ihm davong'rennt."

„Ja ..." Hier nickt die Frau heftig.

„Und der Schwarze Knecht ist aufs Rad kommen. Ich war bei der Exekution dabei und hab's gesehen. Er hat gotteslästerlich geflucht. Aber nach zwei Tag´ am Rad war er hin.“

„Dann ist er aus dem Grab kommen“, sagt die Frau, jetzt ganz deutlich artikulierend, „und macht weiter.“

„Mühlbauerin“, sagt der Bader, „über das kannst du mit dem Dechant diskutieren. Aber ich glaub´, der wird dir erklären, dass das nur der Lazarus und unser Herr Jesus Christus zusammenbracht haben, aber sonst schon niemand. – Willst noch ein´ Schnaps? Ich bring´ dich dann nach Haus.“

Die Mühlbauerin zeigt sich nicht abgeneigt. Der Wirt hat vorsorglich die Flasche hingestellt.

Der Justiziar winkt Strasser und König, mit ihm das Extrazimmer zu verlassen. Draußen verkündet er, dass es der Mühlbauerin schon besser gehen würde. Die Mordsache wäre halt zu viel für sie gewesen.

Als spät in der Nacht die Versammlung sich auflöst, wartet der Justiziar auf seine beiden Polizisten und geht mit ihnen die dunkle Dorfstraße entlang. Dass er ihre Gesellschaft sucht, ist ungewöhnlich.

„Und trotzdem hab´ ich ein Gefühl, als ob noch andere etwas wissen, nur dass sie es nicht so herausgebrüllt haben wie die Mühlbauerin“, murmelt er, als er mit Strasser und König allein ist. Aber er erwartet keine Antwort.

Auch Strasser findet, dass die Leute in der Wirtsstube sich nicht ganz so verhalten haben, wie man es erwartet hätte. Etwas Seltsames ist da vorgegangen. Was war es?

„Herr Justiziar", sagt er, „wissen Sie, was die Frau gemeint hat? Der Bader hat es sofort gewusst. Und ich glaube, die meisten anderen auch."

„So lange bin ich noch nicht hier!", sagt der Justiziar kurzangebunden, „Gute Nacht, meine Herren!" Und er biegt auf den Weg zum Schloss ein.

Aber jetzt kommt Strasser eine Erinnerung: Es war im Hof, die Zwillinge haben gespielt, dann sind sie ins Streiten gekommen, bis der Peter König seinem Bruder Paul gedroht hat: „Der Fwarze Knecht nimmt dich mit, wenn du so garftig bist mit mir." Paul ist hohnlachend abgezogen. Strasser hat Peter gefragt: „Wer ist denn der Schwarze Knecht?", worauf der Peter gesagt hat: „Der holt die flimmen Kinder!" Strasser hat weiter gefragt: „Und bringt er sie zurück?" Und die Antwort war: „Nein, er fwisst sie auf."

Strasser hat der Sache damals nicht viel Bedeutung beigelegt. Ein Kinderschreck halt, so wie anderswo der Schwarze Mann oder der Krampus. Jetzt schaut es anders aus.

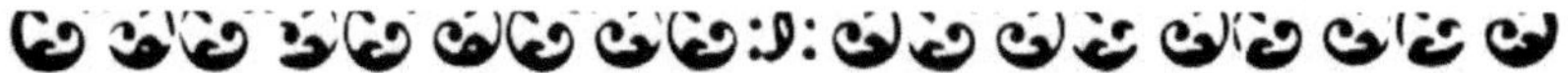

ZEHN

Sie sind zuhause angelangt. „Hör' zu", sagt König, „ich erteile dir jetzt den dienstlichen Befehl, heute mit uns zu Abend zu essen, egal wie spät es ist und egal, wie du dich fühlst. Du darfst dich auch ansaufen, wenn dir danach ist."

„Ich möchte allein sein ..."

„Befehl ist Befehl!"

Also isst Strasser mit den Königs, in der Küche mit dem weißgekachelten Herd. Viel bringt er nicht herunter, und es wird auch nicht viel geredet. Aber als Katharina schlafen gegangen ist, trinkt König noch ein paar Zwetschkerne mit ihm, obwohl das seinem Bauch nicht guttut. Am Ende geht Strasser leise schwankend über den Hof und in sein Quartier.

Und dort packt es ihn so richtig.

Wie nicht anders zu erwarten, erinnert ihn alles an seine Nächte mit Rosi, sogar ein paar Sachen von ihr sind noch da, ein vergessener Kamm, ein Strumpfband ... Jedes Wort, das sie gewechselt haben, hat sich in sein Gedächtnis eingebrannt. Immer wieder muss er an den Moment denken, als ihm seine Liebe bewusst geworden ist. Das beschäftigt ihn die halbe Nacht, und als er dann endlich einschläft, sieht er im Traum den Mord in verschiedenen Abläufen, wie eine Probe auf der Bühne, und den Mörder in wechselnden Gestalten. Zum Teil sind es wohlbekannte Persönlichkeiten aus dem Ort und aus dem Gutshof, zum Teil namenlose Schattengebilde, die wie Nebelschwaden ihre Gestalt verändern.

Als er im Morgengrauen erwacht, lässt er die Traumverdächtigen, soweit es konkrete Personen waren, Revue passieren. Einige scheiden als Täter von vornherein aus – zu alt, nicht mehr gehfähig, im Vormonat verstorben, und beim Rest gibt es keinen, der ganz besonders in Frage kommen würde.

Bis auf einen.

Aber bevor er darüber nachdenken kann, fällt ihm ein, dass er heute mit König die Mordstätte wird absuchen müssen. Diese Aufgabe ist ihm nicht erspart geblieben; der Stallmeister hat ihnen Pferde gegeben, und nach einem kargen Frühstück reiten die beiden Seite an Seite durch den Morgennebel zum Hirschenkogel. Strasser ist schon jahrelang nicht mehr im Sattel gesessen, aber er hat es nicht verlernt. König kommt vom Land; auch er kann es noch.

Kaum dass sie im Hintaus sind, sagt Strasser unvermittelt: „Ich mein´, der Doktor wars.“

„Wie kommst du auf den, Kamerad?“

„Es hat mir von ihm geträumt. Dass er der Mörder war. Und von vielen anderen hat mir auch geträumt. Ich gebe nichts auf Träume, aber in seinem Fall ist vielleicht was dahinter. Überleg´ einmal: Er behandelt nur tagsüber seine Patienten, weil er am Licht spart, könnte also in der Dämmerung unterwegs sein. Dann: Er hat Skalpelle oder wie diese Dinger heißen, und er muss wissen, wie man einen Körper zerlegt. Und die Leute haben Vertrauen zu ihm, die Frauen erzählen ihm, was sie so machen. Er kennt ihre Wege und weiß, wo er ihnen auflauern kann."

„Aber er kann doch kein Blut sehen", wendet König ein, „das weiß jeder."

„Vielleicht verstellt er sich nur."

„Naja …. Und es stimmt, er hat sich reichlich seltsam benommen – für einen Arzt. Andererseits – vielleicht war der Doktor ein Klient von Rosi und hat sie halt auch gerngehabt. – Brauchst nicht böse sein, Alois, der ganze Ort hat gewusst, wie sich die Rosi ihren Lohn aufbessert, und wir und noch ein paar andere haben auch gewusst, wer ihr Lieblingskunde war."

„Ich hoffe, es hat euch nicht gestört!", sagt Strasser gereizt.

„Vielleicht die anderen; wir haben uns für dich gefreut, dass du jemanden hast."

Sie reiten eine Weile wortlos Seite an Seite. Dann setzt König seinen Gedanken fort:

„Und vom Herzen hätt' er auch nichts gesagt, wenn der Justiziar nicht extra danach gefragt hätt'!"

Sie folgen jetzt den Wagenspuren vom Vorabend bis dorthin, wo der Bauer gewendet hat, was im Matsch deutlich abzulesen ist. Die Stelle, wo sie gestern herumgetrampelt sind, finden sie leicht, auch ist da und dort am Boden und an Gebüschen schwärzlich eingetrocknetes Blut. Spuren, die auf den Täter hinweisen, finden sie hingegen keine. Nur, dass er kein Raubmörder war, denn nicht weit von der Fundstelle der Leiche liegt der Korb der Rosi, den sie gestern übersehen haben, und drinnen ist eine gehäkelte Börse mit einem Bündel Guldenzetteln, einigen Münzen und einem Bild der Maria von Dreieichen, einem Wallfahrtsort in der Nähe.

„Der hat wahrscheinlich gar nicht gewusst, wen er da umbringt. Er wollte nur ihr Herz", sagt König.

„Darunter versteht man eigentlich was anderes!", sagt Strasser in einem Anflug verzweifelten Humors.

König sieht ihn lange an. Dann sagt er: „Strasser, du reitest jetzt zurück bis hinter die nächste Wegbiegung und wartest dort. Ich mein', du hast genug für heute. Ich schau' mich noch ein bissel um."

Als Strasser außer Sicht ist, umrundet König zu Fuß den Fundort der Toten in immer größeren Kreisen. Aber was er sucht, findet er nicht, und das erscheint ihm ganz natürlich: Denn dass der Mörder das Herz weggeworfen hätte, würde mit dem übrigen nicht zusammenpassen. Weshalb dann die Mühe, es dem Körper zu entnehmen? Da spielen andere Dinge mit hinein, von denen er nichts weiß. – Und selbst wenn der Mörder es weggeworfen hätte, wäre es sicherlich von den Tieren des Waldes inzwischen aufgefressen oder weggetragen worden.

König erzählt Strasser nichts von seiner vergeblichen Suche. Der fragt auch nicht und ist tief in seinen Gedanken versunken. Wieder und wieder sieht er in Gedanken den mutmaßlichen Verlauf der Mordtat. Und so viele Fragen sind offen. Ob Rosi sich gewehrt hat. Ob sie viel gespürt hat. Ob sie ihren Mörder erkannt hat. Mit König kann er nicht darüber reden, denn der wird ihm nur raten, sich diese Fragen aufzusparen, bis sie den Mörder haben. Und dann: Was nützt es überhaupt, diese Dinge zu wissen?

Es ist Strasser nicht entgangen, dass König von seiner Theorie, der Mörder könnte Dr. Faber sein, nicht überzeugt ist. So erzählt er ihm auch nichts von seinem Plan, den Renato auszuhorchen, der über das Leben des Arztes mehr wissen dürfte als der Rest der Ortschaft, die Bedienstete inbegriffen. Er muss den Renato halt bei günstiger Gelegenheit erwischen, und die bietet sich nicht so ohne weiteres.

Wesentlich einfacher ist es da, den Bader zu treffen; man muss ihn nur wegen eines Leidens konsultieren. Und der Bader ist der einzige Mensch im Ort, von dem Strasser sich verlässliche Auskünfte erwartet. Schließlich war er bei der Armee. So geht er zum Baderhaus, vor dem bereits eine Gruppe Ratsuchender in der Kälte wartet, und sagt der Badersfrau, dass ihm eine alte Fußverletzung zu schaffen macht. Das ist nicht gelogen, denn die Schmerzen gehen nie ganz weg, sie kommen alle paar Tage oder wenn das Wetter sich ändert oder wenn er lange marschieren hat müssen. Oder auch ganz ohne Anlass.

Die Uniform hat ihre Vorteile; er wird sofort vorgelassen. Beim Bader muss er Feldschuh, Gamasche und Strumpf ablegen und den Hergang der Verletzung beschreiben. Der Bader betastet die schmerzenden Stellen.

„Da war einiges gebrochen", sagt er, „und ist alles verheilt, aber nicht so, wie es sollte. Da muss wohl amputiert werden."

Strasser kennt den Humor von Militärärzten zu gut, als dass er sich erschrecken ließe. „Das kann Er wohl am besten", sagt er, „aber vielleicht gibt es noch andere Heilmethoden?"

„Man könnte die Knochen neuerlich brechen und den Fuß dann ordentlich schienen, aber der Herr Soldat schüttelt den Kopf? Dann geb´ ich Ihm eine Salbe gegen die Schmerzen."

Strasser bekommt seinen Tiegel und bezahlt. Dann sagt er:

„Und jetzt wüsste ich gern, wer der Schwarze Knecht war. Der Herr Bader muss es wissen, denn von Ihm habe ich diesen Namen zum ersten und einzigen Mal gehört. Die Mühlbauerin kennt ihn auch, nur will ich sie nicht befragen, denn ich weiß nicht, was dieser Name mit ihren Nerven macht. Überhaupt scheint mir, dass man davon nicht reden will. Warum eigentlich?"

Der Bader ist gar nicht überrascht. „Ich hab´ mir gedacht, dass diese Frage einmal kommen wird. – Er muss verstehen, es gibt Namen, die nimmt man einfach nicht in den Mund, oder wenn, dann nur in Umschreibungen. Die Mühlbauerin und ein paar ältere Frömmler haben ja sogar einen Gebetsverein gegründet wegen dieser alten Geschichte, aber den Namen erwähnen sie trotzdem nie. Es ist der alte Glaube, dass böse Dinge von alleine weggehen, wenn man nicht davon spricht. Und wenn man davon spricht, dann ist das Verschreien und führt sie erst recht herbei. Es bringt Unglück, ja es kann sogar Tote aus dem Grab holen."

„Aber Er glaubt hoffentlich nicht daran?"

„In manchen Fällen hat das Verschweigen durchaus seine Berechtigung, aber nicht hier. Ich sage Ihm, was ich noch weiß: Der Justiziar soll im Schlossarchiv nach einem Kriminalfall aus dem Jahr Sechsundachtzig suchen. Der Mann hat Muhr geheißen, seinen Vornamen weiß ich nimmer, weil er immer nur der Schwarze Knecht genannt worden ist. Er ist hingerichtet worden, aber vielleicht nimmt sich neuerdings jemand diesen Muhr zum Vorbild, so wie die Schriftsteller und Kompositeure voneinander abschreiben."

„Und wer könnte das sein?"

„Das kann ich nicht sagen. Hätte ich einen Verdacht, wäre ich schon längst zur Obrigkeit gegangen. Der Muhr hat bei uns keine Freunde oder Verwandten gehabt, er hat ja nicht einmal im Ort gewohnt."

„Und die Mordtat selbst? Was schließt Er daraus?"

„Er meint das Herz. Ja, das Herz hat im Volksglauben viele Bedeutungen. Als Sitz des Charakters, aber auch der Gefühle und Fähigkeiten. Wollte der Mörder sich etwas davon aneignen? Wenn er das Herz aufgefressen hat, dann sicher."

„Kannibalismus …?"

„Kommt vor, wenn der Kannibale seinem Opfer ähnlich werden will. Wenn ein Verbrecher, vor allem ein junger, hingerichtet wird, verkaufen die Henker bekanntlich sein Blut an ältere Männer, die etwas von seiner Lebenskraft haben wollen. Aber hier war es eine Frau, eigentlich noch ein Mädchen. Wollte der Mörder stricken lernen oder tanzen? Oder war es eine Mörderin, die sich davon Schönheit oder Jugend erhofft hat, wie jene Gräfin im Ungarischen? Wissen wir alles nicht. Wir können daraus nur ersehen, dass es eine sehr seltsame Person sein muss."

Strasser geht heim, setzt sich an den Tisch und verfasst einen Bericht an den Justiziar. Noch am gleichen Tag kommt Order für ihn: Morgen zum Rapport! Obwohl da Amtstag ist.

 C3 80

Diesmal darf er Platz nehmen. Nach kurzer Zeit würde Strasser lieber stehen, denn der Sitz ist scharfkantig, hat eine senkrechte Lehne und zwingt zu einer unbequemen Körperhaltung. Von König erfährt er später, dass das Absicht ist und schon zu so manchem unerwarteten Geständnis oder zu einer überraschenden Einigung der Prozessgegner verholfen hat. Dass die Amtsstube überhitzt ist, hat einen ähnlichen Grund: Die Bauern legen ihre Überröcke nie ab; der Justiziar hingegen trägt einen leichten Seidenfrack, wenn er zu Gericht sitzt. Er bemerkt das Ungemach Strassers nicht einmal.

Wie so oft, hat er in Gedanken die Perücke abgesetzt und kratzt sich seine Stoppelglatze. Vor ihm liegen Königs Bericht über den Verbrechensort und der Bericht Strassers über die Aussage des Baders. Und den hebt der Justiziar hoch.

„Strasser, meine Anerkennung! Er hat Initiative und Intelligenz gezeigt. Dafür gebe ich Ihm heute für den Rest des Tages dienstfrei.“

Strasser macht eine knappe Verbeugung im Sitzen. „Danke“.

„Und“, setzt der Justiziar fort, „dann hat Er ja Zeit, mir bei der Suche nach diesem Akt zu helfen, so es ihn gibt.“

Strasser hält das in seiner Unerfahrenheit für einen Scherz und meint, dass von seiner Seite nun herzliches Lachen erwartet wird. Doch dann kommt ihm die Erkenntnis: Der meint das im Ernst! Er verbeugt sich neuerlich und sagt: „Mit Vergnügen!“.

Und am Nachmittag nimmt ihn der Justiziar mit ins Archiv. Am frühen Nachmittag, wo noch etwas Tageslicht ins Archiv dringt. Das ist ein ungeheures Gewölbe, das sich unter dem gesamten Haupttrakt des Schlosses erstreckt. Dicht an dicht stehen dort die übermannshohen Stellagen, voll mit Akten. Aber es ist hier um einiges wärmer als im Freien.

Der Justiziar, in einen dicken Reitmantel gehüllt, leitet die Aktion; der ähnlich adjustierte Sekretär des Grafen assistiert ihm, und Strasser macht den Laufburschen und Aktenträger.

Mit den Kriminalakten von 1786 sind sie bald durch; gar so viele Strafverfahren hat es in diesem Jahr nicht gegeben, und kein einziges davon hat zur Blutgerichtsbarkeit gehört. Die große Mehrheit der Gerichtsakten behandelt Zivilfälle; und die Gerichtsakten sind wiederum nur ein kleiner Teil der Masse an Verträgen, Abrechnungen, Erbteilungen, Kundmachungen, Steuerakten des Rentamtes und so weiter, zurückreichend bis in die Zeit Rudolphs des Zweiten, als die gräfliche Linie der Familie das Gut Bockstall erworben hat, und noch davor.

„Ich glaub', wir können zusammenpacken", murrt der Justiziar nach einer Stunde, „der Bader hat sich halt geirrt."

Strasser stöbert noch in einer entfernten Ecke. Der Justiziar hält nicht viel davon.

„Das kann Er aufgeben, dort sind nur die Korrespondenzen mit anderen Grundherrschaften!", ruft er hinüber.

Aber genau die sucht Strasser. Wenn das Verfahren nicht in Ober-Bockstall abgeführt worden ist, dann wohl in einer benachbarten Grundherrschaft. Auf Grund dieser Erwägungen wird er bald fündig: Aus unzähligen gestapelten Briefen ragen Aktenbündel hervor. Sie sehen anders aus als die hiesigen Strafakten, und bei den meisten steht auf der ersten Seite groß: COPIA. Und bei einem geht es so weiter: „Criminal-Prothocoll des Muhr Stephan wegen mehrfachen Raub- und Meuchelmordes etc. nach dem Kapitel 89 des Allgemeinen Criminal-Gesetzes von Kaiser Joseph II.". Und dieses Aktenbündel trägt er mit einem gewissen Hochgefühl zum Justiziar.

Der freut sich über den Erfolg, kann aber nicht umhin, leise Kritik an seinem Vorgänger zu üben, der den Akt

Muhr falsch eingeordnet hat: „Nicht unter den Kriminalakten, wo er hingehört, sondern unter ‚Korrespondenzen mit anderen Grundherrschaften'. Was ihm da eingefallen ist!"

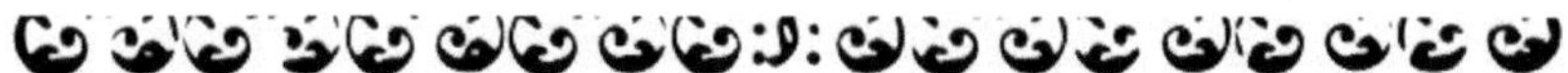

Am folgenden Tag ist Instruktion und Lagebesprechung. Es ist kein Gerichtstag, folglich herrscht im Gerichtssaal eine erträgliche Temperatur, die Foltersessel haben Fauteuils Platz gemacht, und der Justiziar trägt einen Hausrock. Auf dem Schreibtisch liegen immer noch die beiden Berichte, dazu der mittlerweile abgestaubte Akt Muhr.

Der Justiziar ist wieder in einer seiner Lieblingsrollen – der Dozent vor seinen Studenten, in diesem Fall König und Strasser.

„Dieser Mordfall ist ungewöhnlich, und das Opfer bietet keinen Anhaltspunkt für seine Lösung. Denn diese Rosi Honsik hatte zwar einen großen Bekanntenkreis, aber ich glaube nicht, dass sie jemandem Grund zur Rache oder Feindschaft gegeben hat. Oder sieht Er das anders, Strasser? Ihm wird ja ein besonderes Verhältnis zur Verstorbenen nachgesagt."

„Die Rosi war gut wie ein Engel!", bricht es aus Strasser heraus.

„Das hat auch der Hörndlwirt gesagt. Und ihre Eltern wären ohne sie und ihre Geschwister wahrscheinlich schon längst verhungert. Der Vater hat die Wassersucht und die Mutter ein Nervenfieber. Oder umgekehrt. – Nun, Mannsbilder sind seltsame Wesen. Da fühlt sich einer schon beleidigt, weil eine Frau ihn abgewiesen hat, und wenn sie dabei noch so zartfühlend war. Umso mehr, wenn er weiß, dass sie bei anderen nicht so abweisend gewesen ist. Aber was bedeutet dann der *modus operandi*? Kann natürlich symbolisch gemeint sein, so quasi: Du schenkst mir doch noch dein Herz!"

„Pardon, Herr Justiziar, aber klingt das nicht weit hergeholt?", wirft König ein.

„Es ist sicher nicht die Regel. Zurückgewiesene Liebhaber werden gelegentlich zum Mörder, aber im Affekt. Da rutscht einem die Hand aus, und gleich darauf tut dem Kerl die Tat schrecklich leid. Hier war es anders, also habe ich mich gefragt, was der Mörder mit seiner Tat bezweckt haben könnte; man bringt ja einen Menschen nicht so mir nichts, dir nichts um und schneidet ihm das Herz heraus. Das muss einen Grund haben, wenigstens aus der Sicht des Mörders. Und da habe ich mich an einen ähnlichen Fall erinnert. Hat sich in der Steiermark ereignet."

Jetzt ist eine Prise Schnupftabak fällig, dann setzt der Justiziar fort:

„Das war noch unter der Regierung von Kaiser Joseph dem Zweiten, da ist in einigen Gegenden der Erblande ein seltsamer Aberglaube aufgetaucht. Es hieß, dass derjenige, der die Herzen von jungen Frauen essen würde – mindestens drei mussten es sein – Erfolg im Spiel haben oder verborgene Schätze finden würde, kurzum reich werden würde. Unnötig zu erwähnen, dass dieser Unfug seine Anhänger vorwiegend in den untersten Schichten gefunden hat; blöd genug war er ja. Wenngleich er nur in den seltensten Fällen in die Tat umgesetzt worden ist.

Ein solcher Fall war der sogenannte Herzerlfresser von Leoben oder besser gesagt, von Kindberg, wo die Tatorte waren. Ein gewisser Reininger. Sechs oder sieben Frauen und Mädchen hat dieser Unhold ermordet, ihnen das Herz herausgerissen und selbiges aufgefressen. Fragen Sie mich nicht, ob er es zubereitet hat, das ist mir nicht bekannt. – Erwischt hat man ihn, weil er ein Idiot war und im Wirtshaus die paar Kreuzer, die er bei seinen Mordtaten erbeutete, verspielt und dazu noch geprahlt hat, dass er bald zu großem Reichtum kommen werde, et cetera.

Damals gab es noch die Todesstrafe, die sogar verschärft werden konnte. Das Urteil war auch danach: Schon auf dem Weg zur Richtstätte sollte der Delinquent gebrandmarkt und noch einiges andere mit ihm angestellt werden, das ich keinem wünsche. Die eigentliche Strafe aber war das Rädern, und zwar nicht nach Gnade".

„Verzeihung, Herr Justiziar, was heißt ‚nicht nach Gnade‘"?, fragt Strasser.

„Er weiß sicher, wie das Rädern praktiziert worden ist. ‚Nach Gnade‘ hat bedeutet, dass von den üblichen Stößen einer auf das Brustbein oder den Hals gegangen ist, was einen raschen Tod herbeigeführt hat. Nach dem Rädern, wenn der Körper des Justifizierten beweglich war wie ein Diwanwurstel, hat man ihn aufs Rad geflochten, entweder tot oder, wenn es nicht ‚nach Gnade‘ gegangen ist, noch lebend, in welchem Fall er Stunden oder Tage zum Sterben gebraucht hat.

Aber dazu ist es nicht gekommen, denn Kaiser Joseph hat diesen Unmenschen begnadigt! Wohl in Vorwegnahme seines Strafgesetzes, das im nächsten Jahr in Kraft treten sollte und mit dem die Todesstrafe abgeschafft wurde. Hätte ja wirklich nicht gut ausgeschaut, wenn er knapp davor noch eine solche Hinrichtung genehmigt hätte! Und so hat man dem Kerl an drei aufeinanderfolgenden Tagen je hundert Stockschläge verabreicht, das gesetzliche Maximum, und etliche Stöcke an ihm zerbrochen. Wohl in der Hoffnung, dass er das nicht überlebt. Falls aber doch, dann sollte er sein Leben in Ketten und bei Wasser und Brot beschließen."

„Und – hat er das?"

„Nicht einmal das. Er hat die Prügel überlebt und ist zur Zwangsarbeit in die Festung Graz überstellt worden, wo er ein paar Jahre später an der Ruhr eingegangen ist. Na ja."

Der Justiziar niest kräftig und setzt dann seine Instruktion fort.

„Und da bin ich – dank unserem Strasser! – draufgekommen, dass ein weiterer Fall dieser Art sich sogar in unserer Gegend ereignet hat, etwa zur selben Zeit. Wir haben von der prozessführenden Grundherrschaft eine Kopie der Prozessakten bekommen, wahrscheinlich, weil der Täter hierher zuständig war und Mordtaten auf unserem Gebiet verübt hat; eine davon ist ein Versuch geblieben.

Der Täter war ein Bauernknecht, der sich von Jugend an durch eine beispiellose Rohheit gegenüber dem Vieh und später durch eine ebensolche Brutalität gegenüber seinen Mitmenschen ausgezeichnet hat. Es war schon frühzeitig abzusehen, dass er nie was anderes sein würde als ein Knecht und dass er vermutlich auch nie eine halbwegs anständige Frau finden würde. Sein Name war Stephan Muhr, aber wegen seiner Erscheinung hat er der „Schwarze Knecht" geheißen. Nun, Sie wissen, die Bauern neigen nicht gerade zur Empfindsamkeit, aber Tierquälerei mögen sie ebenso wenig. Als der Muhr sich einen solchen Ruf erworben hatte, dass ihn kein Bauer mehr einstellen wollte, hat er begonnen, Frauen umzubringen und ihre Herzen aufzufressen, um zu Reichtum zu kommen. Wie er von diesem steirischen Aberglauben erfahren hat, ist unbekannt geblieben, aber ich habe gefunden, dass derlei Dinge sich in den untersten Schichten schneller verbreiten als die Cholera. – Sein letztes Opfer ist ihm entkommen, hat ihn aber erkannt und bei der Obrigkeit angegeben. Das war die Mühlbauerin, die bei der Gemeindeversammlung so eindrucksvoll die Contenance verloren hat, wofür man aber jetzt einiges Verständnis aufbringen kann. – Man hat den Kerl eingezogen; er hat zunächst alles abgestritten, weshalb man sich sogar überlegt hat, ihn peinlich zu befragen. Aber die gerichtliche Folter war bereits abgeschafft; außerdem hat eine Durchsuchung seiner Unterkunft genug Beweise für seine Täterschaft geliefert –

geraubte Sachen, seine blutigen Hemden – so dass sein Geständnis gar nimmer notwendig war. Das Gericht hat auf die Todesstrafe erkannt, die ja noch in Kraft gewesen ist.

Zum Unterschied von dem steirischen Reininger ist er aber nicht begnadigt worden, vermutlich wegen seines hartnäckigen Leugnens und weil eines seiner Opfer noch ein Kind gewesen war, und man hat ihn zum Rad verurteilt. Der Henker hat dagegen protestiert, weil er zwar in seiner Jugend bei einer solchen Hinrichtung assistiert hat, aber selber noch keine durchgeführt hat, weder eine nach Gnade noch die andere Variante, und ihm die Erfahrung auf diesem Gebiet fehlte. Hat ihm natürlich nichts genützt."

„Und hat dieser Muhr ein Grab bekommen?", erkundigt sich König.

„Ja, und zwar bei uns, wegen seiner Zuständigkeit. Ein Grab war es eigentlich nicht. Der hiesige Abdecker, also der Alte Grasl, hat ihn einfach am Schindanger verscharrt, weit hinter dem Johannes-Friedhof."

Der Justiziar öffnet den Kopienakt.

„Hier haben wir obenauf die Rechnung des Alten Grasl für die Abnahme des Muhr vom Rad und seine Verscharrung, samt Quittierung des erhaltenen Betrages. Aber das Wissen, wo genau die Grabstelle ist, das hat der Grasl in sein eigenes Grab mitgenommen. Mein Vorgänger und der vorige Dorfrichter haben das begrüßt, weil die Befürchtung bestanden hat, dass ein Grab, dessen

Lage bekannt ist, für Satanisten und ähnliches Gesindel
ein Ort der Verehrung werden könnte."

„Satanisten?"

„Ja. Der Muhr hat nämlich im Kerker die Tröstungen
der Religion abgelehnt und die Beichte verweigert. Und
während seiner Hinrichtung den Pfarrer übelst beschimpft
– alles Dinge, die in gewissen Kreisen Bewunderung
erregen. Von seinem Lebenswandel ganz zu schweigen."

Strasser fällt etwas ein. „Weiß man, ob dieser Muhr
Freunde oder Angehörige gehabt hat?"

„Vater hat es weit und breit keinen gegeben, Bekannt
war nur seine Mutter, aber die ist weggezogen, wie es mit
ihm immer schlimmer geworden ist. Und seine Freunde –
na Dankschön! - alle von der Sorte, die heute hier ist und
morgen woanders. Und ein Stammbuch führt so einer wie
der Muhr natürlich nicht."

„Darf ich Exzellenz noch eine Frage stellen?"

„Frag Er!"

„Obwohl ich Jus-Student gewesen bin, habe ich mich nie
mit der alten Strafjustiz befasst. Was ich jetzt höre,
erschüttert mich. Ich verstehe ja, dass das Volk diese
Zurschaustellung von Grausamkeit liebt; auch ich würde
den Mörder der Rosi gern am Schafott sehen. Aber bewirkt
sie auch etwas? Schreckt sie andere Verbrecher ab?"

Dem Justiziar dürfte diese Frage schon früher gestellt
worden sein; jedenfalls hat er sofort eine Antwort parat:

„Sie nützt absolut nichts, weil ja kein Verbrecher damit
rechnet, gefasst zu werden, womit er gar nicht so unrecht

hätte – beim Stand unseres Polizeiwesens. Nur dort, wo er sicher sein kann, erwischt zu werden, lässt er sich abschrecken, dann aber sogar von geringen Strafen. So etwa ein Kaufmann, der gern falsches Maß verwenden würde, gäbe es da nicht einen tüchtigen Marktamts-Kommissär, der ihm auf alles draufkommt. Wir brauchen also keine Henker, sondern Polizisten, und zwar gute!"

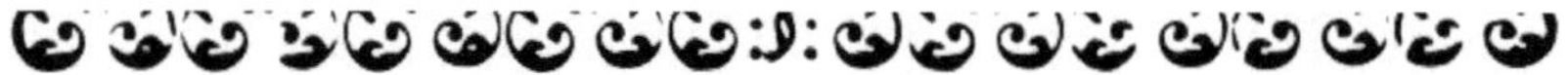

Weihnachten und Neujahr sind vorbei. Auf der Post war ein Geschenk für Strasser von seinen Eltern, die ihm schon halb verziehen haben. Eine schöne Geldsumme ist gekommen, und ein Paket mit einer neuen Übersetzung der „Burg von Otranto" von dem Engländer Walpole, dazu mehrere Paar Strümpfe. Er hat mit der Lektüre begonnen und auf Ablenkung gehofft, aber er kann sich nicht konzentrieren. Und für das Geld hat er jetzt keine Verwendung mehr. Ablenkung bringen ihm die Mahlzeiten mit der Familie König. Mit Ausnahme des Mordes an Rosi wird da über alles geredet, was vorfällt, zum Beispiel die Kuhpockenimpfung, der sich die Königs und Strasser unterzogen haben, und hier vor allem die Frage, ob sie wirkt. Gefährlich kann sie nicht sein; noch ist kein Impfling daran gestorben. Von der Weltpolitik wissen sie nicht viel, gerade noch, dass bei Hohenlinden in Bayern der junge Erzherzog Johann es fertiggebracht hat, seine überlegene österreichisch-bairische Armee dem General Moreau zum Fraße vorzuwerfen, weshalb der Kaiser den Napoleon um Waffenstillstand bitten hat müssen. Die Hoffnung ruht jetzt auf Johanns Nachfolger und Bruder, dem Erzherzog Karl.

Ungeachtet der Weltlage ist Fasching, es wird getanzt, und Strasser ist mit den Königs auf einen Ball gegangen. Aber alles erinnert ihn an die Nacht, als Rosi ihm in der verlassenen Wirtsstube des Hörndlwirts die Grundschritte des Langaus beigebracht hat, der jetzt den gemesseneren Steirischen und Landlern ernste Konkurrenz macht. Und wie sie ihm danach gestanden hat, dass sie selten so viel lachen hat müssen.

Gerade noch, dass Katharina ihn ein paarmal zum Tanzen bewegen hat können. An Pfänderspielen, Lebenden Bildern und ähnlichem war er nicht interessiert.

Rosi hat man begraben, auf dem Johannes-Friedhof. Das Grab ist äußerst bescheiden und unterscheidet sich kaum vom Schindanger, aber es ist innerhalb der Friedhofsmauern, in geweihter Erde. Strasser hat Rosis Eltern gesehen, erbarmungswürdige Gestalten. Der Vater wirkt wohlgenährt, aber das macht sein Wasserbauch, der auf einem Leberschaden beruht, verursacht durch beharrliches Saufen, wie der Bader sagt. Die Mutter hingegen ist zaundürr; ein Nervenleiden zwingt sie, ständig mit der Kinnlade zu wackeln. Ihre Gesichter sind Masken; wenn sie etwas empfinden, bleibt es in ihrem Inneren. Die zwei Schwestern und der Bruder weinen wie normale Menschen.

Geweint wird auch sonst; ein paar Frauen heulen wie die Wölfe bei Vollmond, aber Strasser hat den Verdacht, dass sie das bei jeder Beerdigung tun und nur deshalb gekommen sind. Andere zerreißen sich flüsternd das Maul, auch das ist zu merken, vermutlich über den Lebenswandel der Verstorbenen. Der Pfarrer hält seine übliche Totenrede für früh verstorbene Mädchen und überspringt die Stellen, wo deren Tugendhaftigkeit und Reinheit gerühmt wird.

Strasser hält es bald nicht mehr aus; er geht vorzeitig und wartet am Ausgang auf die Königs. Der arme Kerl, wird geflüstert, er war verliebt in das Mensch!

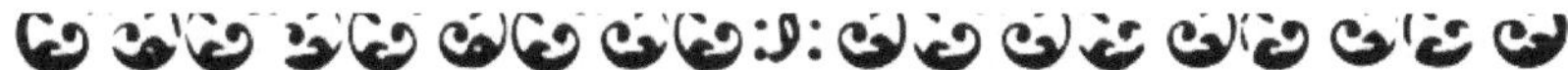

VIERZEHN

An einem Tag im Jänner ist Strasser alleine unterwegs. König hat sich von einem gutgewürzten Beuschel beim Hörndlwirt, das allzu verlockend war, einen Rückfall geholt und wird von Katharina mit Blutwurz-Absud gelabt, sofern er nicht auf dem Abtritt sitzt.

Strasser hat sich diesmal den Weg zum gewüsteten Unter-Bockstall vorgenommen, heute nichts als eine Lichtung mit ein paar Hausruinen darauf, die seit dem Abzug der Schweden als Steinbruch für andere Bauten gedient haben. Als er auf die Lichtung kommt, bemerkt er am jenseitigen Waldrand Bewegung. Mehrere Personen kommen heraus, ziehen sich aber sogleich zurück, als sie seiner ansichtig werden. Er hat sie nicht erkennen können und sein Perspektiv hat er nicht schnell genug heraußen gehabt. Hundegebell ist zu hören. Von einer Jagd weiß Strasser nichts; also folgt er dem Feldweg, der zwischen den Hausmauern hindurchführt.

Und da lösen sich zwei Hunde aus dem gegenüberliegenden Waldstück und jagen in großen Sprüngen auf ihn zu. Es sind Bullenbeißer, wie sie auch der Onan vom Wohlfahrtsausschuss hat; Gerüchten zufolge nimmt er sie zu geheimen Hundekämpfen mit, wo sie auf andere Hunde gehetzt werden und ihm ganz schöne Preisgelder einbringen. Sie wildern heute nicht, sie sind hinter keinem Hasen her; das Wild ist Strasser. Er vermutet, dass der Grasl-Bua dahintersteckt, denn dessen Blick nach der Exekution mit dem Haslinger hat Bände gesprochen, und Strasser hat einen Racheakt mehr oder weniger erwartet, wenn auch nicht in dieser feigen Art.

Das kann gefährlich werden; zumindest die Uniform und die Hosen können die Hunde ihm zerfetzen, und die Tollwut geht auch um. Wenn er schießt, ist das weithin zu hören, und er muss einen Bericht schreiben. Und ein Schuss kann versagen oder fehlgehen. Flucht ist unmöglich. Aber eine niedrige Grundmauer ist in der Nähe; die besteigt Strasser, so gut es mit seinem beschädigten Bein geht, und steht jetzt etwa einen halben Klafter höher als die Bullenbeißer. Zur Verwirrung der Tiere; damit haben sie nicht gerechnet, dass sie klettern müssen.

Strasser nimmt sein Jagdgewehr von der Schulter und hält es hoch, damit die andere Seite sieht, dass es ihm ernst ist, und die Hunde noch zurückrufen kann. Doch nichts geschieht, und dann hat schon der erste Hund begriffen, wie er auf die Mauer gelangt, und der zweite folgt ihm. Strasser zieht sich zurück, aber bald steht er mit dem Rücken zum Ende der Mauer. Er dreht das Gewehr um und lässt den Kolben durch die Luft sausen. Hätte er jetzt die vorgeschriebene Commiss-Flinte, könnte er ein Bajonett für den Nahkampf aufstecken, aber er hat weder das eine noch das andere. Noch dazu hat er vergessen, welchen der beiden Läufe er mit Schrot geladen hat und welchen mit einer Kugel. Von dem Säbel, der ihm an der

Seite baumelt, verspricht er sich nichts – zu gering ist die Reichweite.

Auch wenn der Gewehrkolben den Hunden noch Angst macht, werden sie wohl bald gleichzeitig angreifen; einer wird zwar einen Hieb kassieren, aber der andere wird Strasser von seinem Podest reißen, dass er nicht mehr so bald auf die Beine kommt. Wenn überhaupt.

Jetzt scheinen die Hunde ein Einverständnis gefunden zu haben; sie kommen näher. Doch da schlägt etwas mit einem dumpfen Knall auf der Flanke des einen auf. Er springt hoch, überschlägt sich und winselt. Kein Schuss war zu hören, kein Blut ist zu sehen, aber das Tier hat sichtlich Schmerzen, und seine Angriffslust ist dahin.

Was ist da geschehen? Ist da jemand mit einer Windbüchse, die ohne Knall, Blitz und Pulverdampf wirkt? Strasser hat von diesen Dingern gehört, sie sind bei der Armee in Verwendung; aber wenn jemand in der Gegend eine solche Waffe hätte, wüsste er es.

Und dann heult auch der zweite Hund auf und fährt sich mit der Vorderpfote über die Schnauze. Weitere Geschosse pfeifen durch die Luft. Nicht alle finden ihr Ziel, aber die Treffer bewirken, dass die Hunde unsicher werden, so wie viele ihrer Artgenossen angesichts des Monds, den sie anheulen, weil sie ihn zwar sehen, aber nicht wittern und schon gar nicht fühlen können. Hier bekommen sie einiges zu fühlen, aber nichts zu sehen oder zu wittern, und auch das widerspricht der hündischen Weltordnung.

Einer der Hunde gibt auf und rennt dorthin zurück, wo er hergekommen ist. Der andere springt von der Mauer, auf die Seite, wo er sich vor den Geschossen sicher fühlt, nicht mehr angriffslustig, sondern in geradezu demütiger Haltung und mit eingezogenem Schweif.

„Na komm", sagt Strasser, wie zu einem Kind, „das ist zwar meine Mauer, aber du darfst dich hier verstecken, wenn du mich nicht beißt."

Da der Hund mit diesem Arrangement einverstanden zu sein scheint, redet Strasser in diesem Ton weiter, steigt herunter, geht an dem Hund vorbei und zieht sich mit schussbereitem Gewehr zurück. Aber die Waffe ist nicht notwendig, denn der Hund hat jedes Interesse an ihm verloren. Das Hundepaar hat ihn ja auch vorhin nur angegriffen, um seinem Herrn gefällig zu sein. Und Strasser überlegt, wer dieser Herr war und welcher Schutzengel da eingegriffen hat. Und ob es sich bei den Hunden um Brüderlein und Schwesterlein gehandelt hat. Vielleicht hätte er einen abschießen sollen, dann hätte er den Beweis gehabt. Er beschließt, ehestens in den Ort zurückzukehren, bevor man ihm anstatt der Hunde Bleikugeln herüberschickt.

Nicht weit vom Ort des Geschehens entfernt, sitzt Renato am Wegrand und mampft ein Butterbrot. Die Kälte macht ihm nichts aus. Wie immer, wenn er Strasser sieht, grinst er freundlich und hebt die Hand zum Gruß.

„Renato, hast du gesehen, wer die Hunde vertrieben hat?", fragt Strasser.

Dann, als Scherz: „Oder warst du es?"

Aber Renato legt nur den Kopf schief und zuckt die Achseln. Nach einer Weile steht er auf, holt aus einer Tasche einen Kiesel von Nussgröße und wiegt ihn in auf der Handfläche. Ein dürrer Ast ragt quer über den Weg, vielleicht fünf Klafter entfernt. Auf den zeigt Renato, holt bedächtig aus, dann schnellt sein Arm vor, und wie von einem unsichtbaren Beil getroffen löst sich der Ast vom Stamm und fällt zu Boden.

Renato setzt sich wieder und nimmt sein Butterbrot zur Hand.

„Hunde? Renato weiß nix von Hunden."

Zwei Wochen sind vergangen. Strasser und König haben Vagabunden kontrolliert, Streitigkeiten geschlichtet, einige Anzeigen geschrieben und noch mehr Fälle ohne Anzeige erledigt. Und sie sind die Straßen von Gemeinde und Herrschaft entlanggeritten, frierend und von der winterlichen Einförmigkeit der Landschaft angeödet, ohne etwas zu sehen, was auch nur im Entferntesten den Namen Bestie verdient hätte. Allerdings ist in dieser Zeit auch keine Frau erschreckt oder ermordet worden.

Heute sind sie beim „Hexen-Kreuz", nahe der Grenze zur benachbarten Gutsherrschaft. Hier, an einer alten Wegkreuzung, sollen sich in vergangenen Zeiten die Hexen mit dem Bösen Feind getroffen und gepaart haben, bis die Grundherren der Gegend auf Drängen der Bevölkerung widerwillig Hexenprozesse eingeleitet und einige Unschuldige sowie einige echte Giftmischerinnen auf den Scheiterhaufen geschickt haben. Seit damals hat der Ort ungeachtet seines christlichen Symbols auch etwas mit dem Teufel zu tun, so wird behauptet.

Zu ihrer Überraschung hat sich um das Kreuz eine Menschenmenge angesammelt, weshalb Strasser und König in einiger Entfernung anhalten und das Perspektiv hervorholen.

„Meiner Seel'", sagt König und setzt das Fernrohr ab, „das ist der Buß- und Gebetsverein. Und sie haben ihr eigenes Kreuz mitgebracht."

„Geißeln sie sich gerade?", fragt Strasser, „Das möcht'
ich sehen."

Denn diese Art von Bußübungen wird dem Verein
nachgesagt.

„Könnte gehen, wenn wir uns unauffällig nähern. Aber
wir bleiben im Sattel!"

Zwischen ihnen und dem kleinen Erdhügel mit dem
Wegkreuz gibt es genug Baumgruppen und Gebüsche,
sodass sie bis in Hörweite gelangen können, ohne gesehen
zu werden.

Die Menge hat sich inzwischen zweigeteilt. Auf der
einen Seite die Älteren, Männer und Frauen, auf der
anderen Seite die Jungen, alles Männer. Gegeißelt wird
nicht. Alle liegen auf den Knien und haben das Haupt
gesenkt. Nur eine ältere Frau hat die Arme zum Himmel
erhoben und plärrt mit durchdringender Stimme:

„… Herr, wir bitten dich, rufe den Dämon Stephan
Muhr zurück, auf dass er nicht hinfort unser Land
heimsucht mit seinen unreinen Gelüsten!"

Und das wiederholen alle im Chor, ungeachtet der Kälte
und trotz eines einsetzenden Schneeregens.

„Die Mühlbauerin!", flüstert Strasser, „und bei den
anderen ist der Grasl-Bua."

Und diese anderen fangen jetzt ihrerseits an zu beten.

„Satanas, Satanas, Satanas, wir erkennen deine Macht!
Du bist mächtig auf Erden, hilf' uns, wir bitten dich!"

Strasser traut seinen Ohren nicht. „Hab' ich mich
verhört, König, oder beten die zum Teufel?"

„Ich hab`s auch gehört …"

„Wir wollen dich anbeten, so wie wir Gott im Himmel anbeten, der dir die Macht auf Erden verliehen hat. Erlöse uns vom Schwarzen Knecht, deinem Diener, hol' ihn zu dir in die Hölle, wir bitten dich!" intoniert der Vorsänger der jungen Männer, die jetzt von den Älteren hasserfüllt betrachtet werden. Auf ein Zeichen der Mühlbauerin setzt ihre Fraktion wieder ein, und eine Weile geht das Psalmodieren auf beiden Seiten weiter, ein misstönendes Durcheinander, immer häufiger begleitet von drohenden Gebärden.

Hier erlebt Strasser zum ersten Mal etwas, das ihm später noch häufig widerfahren soll, wenn er gemeinsam mit anderen einen Bericht über ein Ereignis verfasst, das alle gleichermaßen beobachtet haben und daher auch in gleicher Weise beschreiben sollten: Nie gibt es eine völlige Übereinstimmung; jeder hat etwas anderes gesehen, und es gibt so viele Versionen wie Augenzeugen. So ergeht es König und Strasser, als sie am nächsten Tag einen gemeinsamen Bericht zu schreiben versuchen.

„Also angefangen hat die Mühlbauerin, mit ihrem Gehstecken!", behauptet Strasser mit Überzeugung, „Wie eine Furie ist sie auf den Burschen losgefahren."

„Ja, aber nur, weil der drohend auf sie zugekommen ist", entgegnet König nicht weniger überzeugt.

„Der ist doch noch gekniet und hat mit seinem Stecken nur pariert!"

„Da ist keiner mehr auf den Knien gewesen, die sind alle gestanden und haben sich gegenseitig angebrüllt, und die meisten Stecken waren in der Höh' – sogar das Kruzifix haben sie zum Schlag erhoben …"

Und so weiter. Wie bei jeder Schlägerei ist es unklar, von wo und von wem sie ausgegangen ist, sie ist von einem Moment zum anderen dagewesen. Sicher ist nur, dass König irgendwann, als die Gewalt nicht enden will, Strasser fragt: „Siehst du bei einem eine Flinte?" Und als Strasser verneint, nahe an das Getümmel herantrabt und mit Donnerstimme das Aufhören befiehlt.

Die Kombattanten, vom Auftauchen der Berittenen und der Kommandostimme Königs überrascht, ja geschockt, halten inne. Fäuste und Stöcke senken sich, Hirschfänger und Taschenfeitel verschwinden, als ob sie nie dagewesen wären, und dann ist König auf seiner Stute schon von Vertretern beider Parteien umringt, die ihm mit Nachdruck erklären wollen, wer an dem vorangegangenen Gewaltausbruch schuld ist. Darauf lässt sich König nicht ein. Mit raschem Blick sucht er das Gelände auf Tote oder Halbtote ab, doch er sieht nichts; alle stehen aufrecht, wenn auch so mancher schmerzgekrümmt.

„Ist jemand verletzt worden? Wenn ja, soll er es jetzt sagen und nicht vielleicht später damit daherkommen. Wenn Blut geflossen ist, wäre es nämlich ein Raufhandel, wo alle Beteiligten eingezogen werden. Und ich müsste euch alle hier an Ort und Stelle verhören."

Das will niemand, denn der Schneeregen ist um einiges stärker geworden, und obwohl vielen deutlich sichtbar das Blut von der Stirn oder aus der Nase rinnt, meldet sich keiner.

„Niemand? Dann haben wir alle Glück gehabt und gehen ganz friedlich nach Hause. Die Satansjünger aber in die eine Richtung, und die anderen in die andere. Und wehe, wenn ich einen von euch heute noch auf der Straßen seh'!"

Und das in freundlichem Gesprächston, während er seine Stute zierliche Schritte nach links und rechts machen lässt, um sich Raum zu schaffen.

Dass König die Kombattanten nicht anschnauzt, kommt unerwartet und beruhigt die Gemüter, auch wenn beim Auseinandergehen Fäuste und Gehstöcke drohend geschwungen werden und selten gehörte Schimpfworte und Verfluchungen hin und her fliegen. Daneben werden drohende Stimmen laut, wie denn so ein dahergelaufener Krautwachter dazukommen würde, Christenmenschen in der Ausübung ihrer Religion zu stören. Aber sie gehen, die einen nach rechts, die anderen nach links.

Nur ein paar zerrissene Gebetbücher bleiben im blutigen Schneematsch oder werden vom Wind vertragen. Strasser, der einige Schritt seitlich von König gehalten hat, die Waffe im Anschlag, kann aufatmen.

Eine Stunde später wärmen sie sich in Katharinas Küche auf, genießen ihr Essen und könnten ganz zufrieden sein. Obwohl sie ein stillschweigendes Übereinkommen haben, daheim keine Polizeisachen zu bereden, haben sie Katharina eingeweiht. Es war zu viel, sie konnten nicht schweigen. Der Wahnsinnsausbruch beim Hexenkreuz ist ihnen unerklärlich, ja unheimlich; eine Massenschlägerei aus Glaubensgründen hat es hier seit der Gegenreformation nicht gegeben. Als die Menge König umdrängt hat, hat Strasser ernstlich gemeint, er müsse schießen.

Bei Katharina hat die Erzählung Anlass zu einer ausführlichen Betrachtung gegeben: Primo, wie die Sache so gar nicht in die moderne Zeit passt. Secundo, wie es auch anders ausgehen hätte können, wisse man doch, dass Streitschlichter oft ihre Schläg' von beiden Parteien beziehen würden. Und schließlich, um was es eigentlich gegangen ist?

Strasser sagt: „Die Frage war, wer Macht über die Bestie hat – Gott oder der Teufel. Eigentlich eine uralte Ketzerei; ich hab' im Religionsunterricht davon gehört: Dass Gott und Satan gleich stark sind und daher in ewigem Kampf liegen, wie etwa Frankreich und England. Wobei Satan die Welt beherrscht und Gott das Reich des Lichts. Wo immer das liegt."

„Wer kommt denn auf sowas?", entrüstet sich Katharina, „Dann sollen sie doch alle zum Teufel gehen!"

„Sind sie auch", sagt Strasser, „die Anhänger dieser Lehre sind grausam verfolgt worden."

König sagt: „Ich frag' mich, warum es ein Dämon sein soll. Erinner' dich, Kathi, bei uns zu Haus' hätt' man höchstens von Untoten geredet, die nicht in ihrem Grab bleiben wollen. Hier müssen es gleich Dämonen sein!"

Strasser wundert sich, wie ihm jetzt die Erinnerung an die Religionsstunden in der Siebenten und Achten im Gymnasium kommt, wenn der Pater Eusebius S.J. mit dem Unterricht früher fertiggeworden ist und in der verbleibenden Zeit über absonderliche Irrlehren aus vergangenen Jahrhunderten gesprochen hat.

„Die Dämonen sind ganz was anderes", sagt er, „nämlich die Gefallenen Engel aus der Bibel. Sie sind Luftwesen und dazu verdammt, ewig zwischen Himmel und Erde zu existieren. Auf den Muhr passt das nicht!"

Am nächsten Abend geht die Diskussion weiter. Wieder mit Katharina, denn da sie schon von dem Vorfall weiß, kann sie ruhig dabei sein und berichten, was so im Ort davon geredet wird:

„Eigentlich weiß niemand was Genaues. Und die Beteiligten reden nix – weil sie sich schämen, möcht' ich hoffen. Aber dass manche Verletzungen haben, das lasst sich nicht verstecken. Die Mühlbauerin kann nur mit einem Aug' was sehen, das andere schaut aus wie eine reife Zwetschken. Dass ihr beide eingeschritten seids, ist noch nicht bekannt, denn sonst hätten mich die anderen Weiber beim Greißler sicher schon ausgefratschelt[10]."

---

[10] Österr. für ausgefragt, ausgehorcht

Strasser sitzt den größten Teil des Abends still da und schaut ins Leere. Bis er sich endlich einen Ruck gibt und sagt:

„König, wir müssen uns etwas einfallen lassen. Wenn wir den Mörder der Rosi nicht erwischen, und wenn er sich auch nicht aus Blödheit selbst verrät, wie es sein großes Vorbild getan hat, gehen wir noch die nächsten Jahre Patrouille. Bei jedem Wetter. Und die Leut' hier verfallen dem Wahnsinn, nach dem zu urteilen, was wir gestern erlebt haben. – Ganz zu schweigen von weiteren Mordtaten."

König nickt: „Und wir zwei werden zum Gespött der Gegend. Aber was können wir tun, ohne Hilfe aus der Bevölkerung? Bespitzeln und Vernadern ist hier nicht üblich. Oder sollen wir nachforschen, ob der Muhr einen Freund gehabt hat, vor fünfzehn Jahren? Sollen wir zu allen Bauern gehen, wo er je in Dienst war? Und zu allen Wirten im Umkreis? Und wenn wir so einen finden – wo ist der Schuldbeweis?"

Strasser sagt: „Ich habe mir etwas anderes überlegt. Weil ja die Bestie ihr Unwesen in einem ziemlich engen Umkreis treibt. Wir könnten ihr eine Falle stellen."

„Meinst du einen Lockvogel?"

„Natürlich."

„Also eine Frau, die gegen Abend noch draußen herumgeht?"

„Ja. Aber die Frau wäre in höchster Gefahr. Sie kann ja nicht mit Begleitschutz unterwegs sein, sie kann höchstens eine Waffe mitführen. Fällt dir eine ein, die das machen würde?"

Katharina wirft ein: „Ich ganz bestimmt nicht!"

„Ich weiß auch niemanden", sagt König, „aber es muss ja keine Frau sein."

„Ein Mann, bewaffnet und als Frau verkleidet?"

„Ganz recht."

„Also du oder ich. Obzwar, ich bin sicher, dass auch einer von den Jägerburschen es machen würde. Man müsste halt eine Belohnung aussetzen. Aber wenn ihm was passiert …"

„Dann heißt es, warum es keiner von uns beiden gemacht hat. Ob wir zu feige dafür waren."

„Hör´ zu", sagt Strasser mit plötzlichem Entschluss, „ich melde mich freiwillig."

„Ich bin der Ranghöhere. Und der Ältere. Da bin schon ich eher dran."

„Du musst für eine Familie sorgen. Und ich meine, dass ich es der Rosi schuldig bin. Außerdem – die Bestie hat offenbar eine Schwäche für junge Frauen, und wie du sagst, bin ich doch etwas jünger aus als du. Und dann gibt's da noch etwas."

Strasser fährt sich über die Oberlippe. Katharina bricht in Lachen aus.

„Was meinst du, Kamerad?", fragt König verwirrt.

„Du hast deinen Schnurrbart vergessen!"

Den hat König tatsächlich vergessen, und es ist ihm peinlich.

„Warum hast du eigentlich keinen, Strasser?"

„Er hat nicht gut ausgesehen. Und die Rosi hat sich beklagt, dass … Jedenfalls hat er ihr nicht gefallen, und ich hab' ihn wieder abrasiert."

König überlegt: „Ich könnte meinen ja auch abrasieren."

Katharina lacht: „Und du glaubst, das fällt nicht auf, wenn du plötzlich ohne Bart bist? Da gibt es doch Fragen. Was erzählst du den Leuten? Dass ich mich auch beklagt hab'? Und worüber eigentlich?"

Das sieht König ein, und so ist die Sache entschieden. Strasser wird der Lockvogel sein.

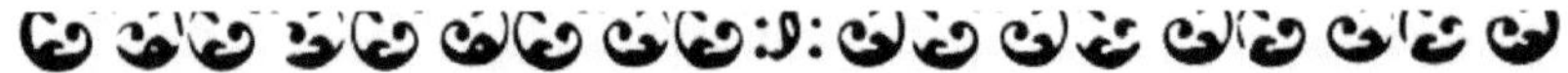

Der Justiziar ist mit dem Plan einverstanden, denn auch er sieht keine andere Möglichkeit, den Fall in absehbarer Zeit zu lösen. Das Schloss wird beistellen, was dazu benötigt wird, und das ist nicht wenig. Zum Beispiel Damenkleider und -mäntel, großenteils von der Gräfin abgelegte, und so viele wie möglich, damit der Lockvogel nicht immer dasselbe trägt, denn das würde auffallen. Und ebenso wechselnde Perücken, nichts Galamäßiges, vielmehr solche, die einer Tante des Grafen gehört haben, der im Alter die Haare ausgegangen sind.

Die Kleider und Mäntel muss Katharina weiter machen, denn die Gräfin ist groß, aber zierlich gebaut. Der Gedanke, die schönen Sachen wieder zurückgeben zu müssen, stürzt sie in heftige Gewissenskonflikte, aus denen sie aber einen Ausweg findet:

„Behalten werde ich das Zeug nicht, aber vielleicht vergisst die Gräfin darauf und verlangt es nicht zurück."

Dafür stehen die Chancen gut, denn da jeder, also auch ein Schlossbewohner, verdächtig ist, wird auf Geheimhaltung geachtet, und außer der Gräfin und dem Justiziar weiß niemand, wohin die Sachen gekommen sind. Schon gar nicht die Kammerjungfer der Gräfin; die hat ihrer Bedienten etwas von mildtätigen Gaben für die Armen erzählt, und so wäre es sonderbar, wenn diese Gaben plötzlich wieder auftauchten.

Als sie eine bescheidene, aber abwechslungsreiche Garderobe beisammenhaben, wird Strasser selbst zur Frau gemacht. Probeweise, in der Küche der Königs, mit fachlicher Beratung durch Katharina und unter gespannter Anteilnahme der Zwillinge. Strasser besteht darauf, unter den Röcken seine Gatja zu tragen, gewissermaßen als letztes verbliebenes Bollwerk des Mannes. Katharina rät ihm davon ab.

„Wie willst du denn damit sorchen[11]?", fragt sie, „du kommst ja gar nicht hin mit den Händen."

Strasser muss zugeben, dass sich hier praktische Probleme auftun könnten. Also bleibt er unter den Röcken nackt und ist ganz überrascht, wie angenehm, ja lustvoll sich das anfühlt, wenn sein Gemächt frei baumelt. Und es ist ihm gar nicht kalt. Anstelle der Gatja wird er eben Stutzen oder Strümpfe tragen. Er bekommt ein Brusttuch, das mit anderen Tüchern ausgestopft wird; Katharina malt ihm liebevoll einen roten Mund und unterhält sich dabei prächtig. Sie ist noch nicht weit über das Alter hinaus, in dem Mädchen sich verkleiden oder Theater spielen.

„So, jetzt schau' dich im Spiegel an", sagt sie, „du schaust sehr gut aus, aber du musst dich besonders gründlich rasieren und pudern und etwas Rouge auflegen, und du darfst dich nur bewegen wie eine Frau, dann sieht man nicht, wie groß und breitschultrig du bist, und deine Stimme musst ein bisserl höherschrauben, dann wird's glaubhaft."

---

[11] Österr. für Urinieren.

„Meine Pistolen werden schon für mich sprechen!", sagt Strasser großspurig, muss aber selber darüber lachen. „Aber was ist, wenn sich ein Mannsbild in mich vergafft und sich nicht abweisen lässt?"

„So schön bist auch wieder nicht!", wirft König ein, der jetzt fast ein bisschen eifersüchtig geworden ist.

„Warum schaut der Alois aus wie eine Frau?", will Peter wissen, der der Prozedur bisher wie gebannt gefolgt ist. König legt warnend einen Finger an den Mund.

„Ah", sagt Katharina, „jetzt ist doch Fasching. Da gibt es einen Maskenball, und der Alois geht als Dorfrichterin."

„Die ist aber viel schiacher als wie er …"

Auch Martialisches gibt es zu bereden: König soll die Reserve bilden. Das heißt, er muss hinter Strasser her reiten oder ihm vorausreiten, natürlich außer Sichtweite.

Die Frage, wie König unter diesen Umständen Strasser zu Hilfe kommen kann, wird derart gelöst, dass Strasser ja Pistolen mitführen wird. Ein Schuss bedeutet, dass König sofort seinem Ross die Sporen gibt und, sofern er nicht abgeworfen wird, angaloppiert kommt. Die Absurdität dieses Arrangements ist Strasser und König klar, aber sie reden nicht darüber, wie sollte es anders gehen? Auch Katharina macht sich ihre Gedanken und schweigt.

So einfach dieser Plan klingt, so kompliziert ist seine Durchführung: Wenn Strasser jetzt etwa zwei Mal in der Woche zum Lockvogel wird, ist ihm Katharina behilflich.

Die Buben sind in dieser Zeit bei Nachbarn, die Kinder haben. Dann verlässt Strasser das Haus, möglichst ohne gesehen zu werden, notfalls beim „Hintaus", und begibt sich auf die abgesprochene Route, wo er einen bestimmten Punkt zu einer bestimmten Zeit zu passieren hat. König holt sein bereits gesatteltes Pferd beim Stallmeister ab und passiert diesen Punkt einige Minuten später. Dass die Taschenuhren der beiden dabei eine große Rolle spielen und immer genau aufeinander abgestimmt sein müssen, liegt in der Natur der Sache.

Und so ist Strasser auf seinen Patrouillen jetzt allein. Das Land ist verlassener als sonst, denn die Frauen und auch viele Männer gehen nur hinaus, wenn es wirklich sein muss und wenn sie dabei Gesellschaft haben. Was Strasser befürchtet, nämlich Begegnungen unterwegs, tritt daher nur selten ein; kommt es dazu, dann neigt er anmutig das Haupt, deutet Halsschmerzen an, die jede Konversation unmöglich machen, zuckt entschuldigend mit den Schultern und geht weiter.

Am Arm trägt er einen Korb, in dem unter einem Tuch ein Paar Kavallerie-Pistolen liegen. Unmäßig schwer sind die Dinger und ihre Munition – kein Wunder, dass die Reiter sie in Sattelholstern führen. Eigentlich sollte er sie nach jedem Patrouillengang hinten im Hof in einen Sandhaufen abfeuern, und Peter und Paul freuen sich immer schon auf den Doppelknall. Aber das nachfolgende Reinigen und Nachladen der Waffen ist ihm zuwider, und so begnügt er sich oft damit, nur das Zündpulver zu ersetzen, die Ladung aber im Lauf zu belassen, wenn er sie versorgt. Waffenkammer ist der ehemalige Rübenkeller, zu dem nur er und König den Schlüssel haben.

SIEBZEHN

Während König und Strasser das Ungeheuer auf ihre Art jagen, hat auch der Dorfrichter eine Idee, die er umgehend dem Justiziar mitteilt. Dazu begibt er sich in die Gerichtskanzlei des Schlosses, denn wenn auch Dorf und Schloss nebeneinander und gewissermaßen gleichberechtigt existieren, geht das Dorf immer noch zur Herrschaft und nicht umgekehrt. Dorfrichter und Justiziar kennen einander seit Jahren, und so braucht es auch nicht viele Worte zwischen ihnen, bis der Dorfrichter zur Sache kommt:

„Hör zu, Ehrbach, die Leut' werden immer bleeder, jetzt haben ein paar Kerzlschlucker einen Gebets- und Bußverein gegründet und machen Bittgänge in Feld und Flur, damit der Herrgott den Fluch des Muhr respektive seines Wiedergängers von uns nimmt. Angeblich geißeln sie sich, jeder für sich oder auch einander gegenseitig, weil sowas dem Lieben Gott wohlgefällig ist. Aber was noch ärger ist: Der junge Weidlinger, der was Priester hätt' werden sollen, aber aus dem Seminar hinausgeflogen ist, hat um sich einen Kreis von Teufelsanbetern geschart, die ebenfalls an einen Wiedergänger glauben, aber einen, den Satan geschickt hat. Das nennen sie einen Dämon. Beide Gruppen haben unlängst eine Art Wallfahrt zum Hexenkreuz gemacht und sich dort so arg geprügelt, wie es noch nicht da war."

„Ich weiß davon. Aber hat der Dechant nicht gesagt, was von der Dämonen-Theorie zu halten ist?"

„Ja, aber sie glauben ihm nicht. Für sie ist der Dechant ein Atheist oder Freigeist und was weiß ich. Ich muss die Genehmigung für diese Umzüge erteilen, und ich kann sie nicht verweigern – Freiheit der Religion und so … Und irgendwann stehen wir dann in den Gazetten, gelten als abergläubische Hinterwäldler, und bei den Esoterikern ist unsere ganze Gegend verrufen. – Kurzum, unser ganzes Projekt mit der Schwefelquelle ist in Gefahr. Es war ja schon einer von der Agrar- und Kreditbank im Dorf und hat beim Hörndlwirt gewohnt, aber nach dem Eklat im Wirtshaus hat er sich einen Wagen bestellt und ist stillschweigend abgefahren.“

„Und was schlägst du vor?“

„In erster Linie, dass die Bestie gefangen oder erschossen wird. Aber das trau´ ich – bei allem Respekt – deinen beiden Zinnsoldaten nicht zu. Auf jeden Fall müssen wir die Narren im Ort überzeugen, dass hier keine dunklen Mächte im Spiel sind, damit sie endlich die Goschen halten.“

Der Justiziar rückt interessiert näher. „Und wie?“

Der Dorfrichter erklärt es ihm.

❧❦❧

Einige Tage danach holt der Gemeindediener seine Trommel hervor, übt einige Wirbel und geht sodann gemessenen Schritts die Haupt- oder Znaimerstraße entlang, wobei er schön zwischen Trommelwirbeln und einem abgelesenen Text wechselt. In die paar

Nebenstraßen geht er nicht, wer dort wohnt, wird es schon rechtzeitig erfahren.

„Achtung – Achtung! Im Hinblick auf bekanntgewordene Irrtümer und Missbräuche der Bevölkerung wird die Gemeinde Dienstag, den 27. Jänner 1801, um neun Uhr früh den Leichnam des Malefikanten Stephan Muhr, genannt der „Schwarze Knecht", was seinerzeit justifiziert und am Schindanger allhier verscharrt worden ist, exhumieren lassen, damit allem dementsprechendem Gerede für … fürder … fürderhin ein Riegel vorgeschoben sei."

Ein Anschlag mit etwa dem gleichen Text ist am Schlosstor angebracht worden.

Natürlich haben sich viele gefragt, wieso man jetzt plötzlich weiß, wo der Schwarze Knecht begraben liegt, wo man es doch vorher nicht gewusst hat, und Strasser hat gehört, dass sich bei den Papieren des ermordeten Abdeckers angeblich eine Art Lageplan des Schindangers gefunden hat, laut welchem die Grabstelle Nummer 11 mit einiger Sicherheit dem Stephan Muhr zugerechnet werden kann. Ein merkwürdiger Zufall, aber vielleicht ist was dran.

Der Totengräber hat es dezidiert abgelehnt, die Exhumierung vorzunehmen; schließlich hat ein Abdecker den Kadaver verscharrt, sagt er, also soll ein Abdecker ihn auch wieder ausgraben; außerdem endet seine Zuständigkeit an der Friedhofsmauer. Und so stehen an diesem Wintermorgen, weit außerhalb der

Friedhofsmauer, der Junge Grasl und sein Neffe mit Spitzhacken und Schaufeln und warten auf die Zuschauer aus dem Ort.

Die gehen durch den Friedhof und verlassen ihn durch den Hintereingang. Da sind einmal Abgeordnete des Bet- und Bußvereins, großenteils graue Männlein und Weiblein mit flackernden Blicken, die bereits verkündet haben, nichts könne sie von ihrem Glauben an das Wirken von Dämonen abbringen, gleichgültig, was man zutage fördern würde, da Dämonen bekanntlich zu allem imstande wären. Und sollte am Schindanger tatsächlich der Leichnam des Schwarzen Knechts gefunden werden, dann sei er eben nicht leiblich, sondern als Dämon wiedergekommen. – Unter ihnen ist die Mühlbauerin, die bereits wieder aus beiden Augen sehen kann.

Erwartungsgemäß sind Aufklärung und Wissenschaft vertreten durch den Chirurgus, den Bader und den Lehrer. Sie äußern insgeheim Zweifel an den Aufzeichnungen des verstorbenen Grasl, der ja nicht gerade ein Muster an Rechtschaffenheit war, und lächeln über die Gutgläubigkeit der Leute.

Sodann die Unentschiedenen, die aus Neugierde gekommen sind und sich in erster Linie eine Hetz erwarten. Die Protestanten und die Löwy fehlen, ebenso die Satanisten des Weidlinger. Viele Dorfbewohner betreten den Schindanger aus Prinzip nicht. Im Ort herrscht nämlich ein althergebrachter Friedhofskult, dem vor allem die Frauen anhängen; wer nicht wenigstens einmal pro Woche am Friedhof bei der Grabpflege gesehen wird, riskiert seine soziale Stellung. Und der Schindanger ist geradezu das Gegenteil eines gepflegten Friedhofs.

Strasser ist inoffiziell hier; weder das Dorf noch die Herrschaft haben ihm einen Ordnungsauftrag erteilt. Er hofft, dass ihn das Spektakel von seinen trüben Gedanken abbringen wird. Das Jahr, genauer gesagt, das Jahrhundert, fängt ja gut an, findet er: Eine Graböffnung soll ihm helfen, einen Mord zu vergessen!

Geleitet wird die Amtshandlung vom Dorfrichter; der Gemeindeschreiber macht den Schriftführer. Der Justiziar hat jede Beteiligung an diesem Affenzirkus, wie er es nennt, abgelehnt. Der Dechant detto, wenngleich mit gewählten Worten.

Der Dorfrichter ist hier der Vorgesetzte von Onkel und Neffe Grasl, denen die Gemeinde eine Entlohnung von je 65 Kreuzern versprochen hat, was mehr als ein Gulden ist. Das versüßt ihnen ein wenig die Arbeit, die kein Vergnügen sein wird, auch wenn der Boden noch nicht hartgefroren ist und sie mit den Spitzhacken schon vorgearbeitet haben.

Er verliest noch einmal den ausgetrommelten Gemeindebeschluss, warnt vor einem Sturz in eingesunkene Gräber, wofür Gemeinde und Herrschaft jede Haftung ablehnen würden, und betrachtet dann gemeinsam mit dem Jungen Grasl ein Stück Papier, vermutlich der Plan des älteren Bruders.

Der Junge Grasl deutet auf den Boden: Hier müsste es sein. Der Dorfrichter nickt und gibt das Zeichen, mit der Arbeit zu beginnen. Manche drängen jetzt hinzu, andere ziehen sich zurück. Der Bet- und Bußverein entsinnt sich seines Namens und beginnt Gebete zu murmeln.

Es dauert und dauert. Nach einer Stunde stehen die beiden Grasl bis zur Hüfte in der Grube und sind schweißgebadet. Schon sind einige der Neugierigen nach Hause gegangen, als der Onkel plötzlich sagt: „Ich glaub', jetzt haben wir`s."

Strasser tritt an den Grubenrand. Er hat sich zwar keinen Sarg aber wenigstens eine Holzkiste erwartet. Doch da ist nichts als ein vermoderter Sack, fast nicht zu unterscheiden vom umgebenden Erdreich.

„Schneidet`s den Sack auf, damit wir sehen, was drin ist, danach könnt`s wieder zuschütten!", sagt der Dorfrichter.

Der Junge Grasl zieht einen Taschenfeitel hervor und schneidet mit einiger Mühe in den Sack.

Als der Sack klafft, beginnt der Grasl-Bua nervös zu kichern.

„Das falsche End'", sagt er, „das ist nicht der Kopf."

Er bückt sich, reißt etwas los und hält es triumphierend hoch: Ein derber Knochen, ein Oberschenkel vielleicht.

„Gottseidank hat er sich nix gebrochen, der Muhr!", sagt er. Und dann muss er unmäßig lachen.

Jetzt sehen es alle. Der Knochen ist verdreckt, aber er weist nicht die geringste Beschädigung auf. Von einem

Geräderten kann er nicht sein. Beim frivoleren Teil des Publikums kommt Heiterkeit auf; bei den Religiösen mischt sich angstvolles Wimmern in die Gebete.

Der Dorfrichter bewahrt Haltung. „Wundarzt und Chirurgus", sagt er, „was ist das, was der Grasl-Bua da in der Hand hat?"

Die beiden Experten treten näher.

„Also ein menschlicher Knochen ist das nicht!", meint der Bader, „Was sagt mein gelehrter Kollege dazu?"

Der Arzt lächelt. „Menschlich sicher nicht. Vielleicht sollte man sich den Rest des Skeletts ansehen."

Die beiden Grasl machen sich unaufgefordert wieder an die Arbeit. Knochen auf Knochen holen sie aus dem Sack: Gliedmaßen, die zu kurz sind, und ein Rückgrat, das zu lang ist für einen Menschen. Nichts davon weist einen Bruch auf. Den Abschluss macht ein Sauschädel.

„Eine Wildsau war da begraben", schreit einer, „Requiescat!" Viele der Umstehenden weichen in sichere Entfernung zurück. Andere lachen laut heraus.

Die beiden Grasl zucken die Achseln und weisen zur Rechtfertigung auf das Papier, das der Dorfrichter immer noch in Händen hält.

„Der Alte Grasl hat allerweil schon einen seltsamen Humor gehabt", meint der Bader, „da hat er eine Wildsau gewildert und sich den Kadaver aufgehoben!"

Die Bauern grinsen, denn sie verstehen, was er meint: Normalerweise wirft man die Überreste eines gewilderten Tieres in den Saustall; nach einem halben Tag ist nichts mehr davon übrig. Soll auch bei menschlichen Überresten gehen.

Der Junge Grasl und der Dorfrichter betrachten noch einmal die Karte. Aber offenbar gibt es keine weiteren Hinweise, und so sagt der Dorfrichter:

„Also begrabt's das Viech wieder. Wenn wer was weiß, wo der Muhr wirklich liegt, soll er reden. Wenn nicht, ist die Exhumierung beendet."

☙❧

Den Grasl-Buam hat der Vorfall in eine übermütige Stimmung versetzt, in der er sich auch durch die Arbeit, die Sau wieder der Erde zu übergeben, nicht stören lässt. Und das verleitet ihn zum letzten Streich seines Daseins in Ober-Bockstall. Ganz spontan geschieht es nicht; er und seine Spießgesellen haben die Sache schon länger geplant und geprobt. Aber die heutige Gelegenheit scheint ihm ungewöhnlich günstig.

Denn die missglückte Exhumierung des Muhr endet für die meisten nach dem natürlichen Lauf der Dinge im Wirtshaus, wo sich eine Art Frühschoppen entwickelt. Vielen hat es Hunger und Durst gemacht, den beiden Grasl beim Arbeiten zuzuschauen, so dass der Hörndlwirt nach und nach ins Mittagsgeschäft hinübergleitet.

Und da spielt plötzlich eine Knöpferl-Harmonika auf. Am Vormittag und mitten unter der Woche! Da wird es sofort ruhig, und aller Augen richten sich auf die Musikanten. Am Stammtisch des gewesenen

Wohlfahrtsausschusses sitzen der Harmonikaspieler und ein Gitarrist, beides Kumpane des Grasl-Buam. Er selbst muss sich zuhause gewaschen und umgezogen haben; jetzt steht er zwischen den beiden Musikern, im weißen Hemd und einem Spenzer mit unzähligen Silberknöpfen, und verkündet:

„Den Schwarzen Knecht haben wir heute nicht gefunden. Zum Trost bringen wir Euch ein Lied zu seinen Ehren. Gesungen wurde es am Tag seiner Hinrichtung und auch noch lange danach."

Und mit einer recht angenehmen Stimme, die Gesten der Bänkelsänger geschickt nachahmend, beginnt er zu singen:

„Vom Thaya-Tal bis Hollabrunn,

In Feldern und in Auen,

Da ging er um, da ging er um,

Stets auf der Jagd nach Frauen.

Er war ein starker fescher Mann,

Wo eine Frau schon schwach werden kann.

Doch hatte er sie dann – Oh Graus,

Da riss er ihr das Herz heraus.

Der Schwarze Knecht, der Schwarze Knecht,

Das war nicht recht vom Schwarzen Knecht,

Weshalb man ihm die Knochen brecht."

Das geht so zwei oder drei Strophen weiter und könnte noch lang weitergehen, würde nicht der Junge Grasl vom Tisch aufstehen und, Mord im Blick, sich zu den Musikern vordrängen, seinem Neffen eine ungeheure Watschen herunterhauen und folgendes sagen:

„Schamst du dich überhaupt nicht, du Missgeburt!? Is dir gar nix heilig? Schau´, dass d´ nach Haus kommst, wir zwei reden noch miteinand´!"

Der Grasl-Bua, dem laut Augenzeugen noch im Wirtshaus die Wange zu Apfelgröße angeschwollen ist, senkt den Blick und entfernt sich eilends. Seine beiden Musiker packen zusammen. Der Junge Grasl zahlt und folgt seinem Neffen.

Bei einem Teil des Publikums macht sich Enttäuschung bemerkbar, die Ballade nicht bis zum Ende gehört zu haben, aber der Großteil begrüßt ihre gewaltsame Beendigung. Strasser, der in der anderen Ecke der Schank gesessen ist, überlegt: Hätte er sich in Dienst stellen und amtshandeln sollen? Aber weshalb? Das Absingen des Bänkelliedes hat von schlechtem Geschmack gezeugt und von völligem Mangel an menschlichem Empfinden, war aber kein Verbrechen, und die Ohrfeige war eine leichte Körperverletzung, die er weder voraussehen noch verhindern konnte. Und die ihm, nebenbei bemerkt, ein warmes Gefühl der Befriedigung verschafft hat.

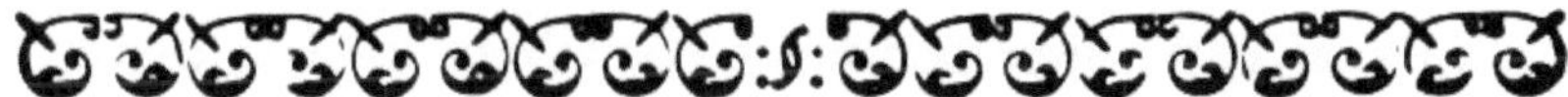

ACHTZEHN

Und dann kommt jener Tag, an dem alles zu Ende ist. Mit einem Schlag.

König und Strasser haben beschlossen, heute die Straße durch den Frohnwald zu nehmen. Dort ist Nadelwald; nach Ansicht der beiden besser geeignet für Hinterhalte als Laubwald, der mittlerweile seine Blätter verloren hat und lang nicht mehr so gute Deckung bietet wie noch im Herbst.

Es ist den ganzen Tag neblig gewesen, und schon um halb vier Uhr nachmittags könnte man glauben, dass die Nacht hereinbricht.

König ist abgestiegen und führt sein Pferd am Zaum. Neben ihm geht Strasser, heute in einer eleganten Redingote mit Pelzbesatz. Er hat keine Bedenken, enttarnt zu werden. Warum sollte ein Gendarm auf Patrouille nicht eine einsame Frau begleiten und mit ihr plaudern? Das Einzige, das auffällt, wäre die Abwesenheit von Strasser, und die lässt sich leicht erklären.

„Was meinst du, König, wird die Bestie heute auf Jagd gehen, bei diesem Nebel? Hat es einen Sinn, wenn wir patrouillieren?" fragt Strasser.

„Na sicher, da stehen doch seine Chancen weit besser, und unsere auch. Finster wird es halt früher, deshalb werden wir bald umkehren."

Die Stute schnaubt zustimmend. Der Stallmeister behauptet, sie wäre von hoher Intelligenz und verstehe angeblich gewisse wiederkehrende Worte auf Deutsch und Böhmisch, sofern sie mit Futter oder Stall zu tun haben.

Strasser findet es lustig, gewissermaßen durch Watte zu gehen; König hingegen versetzt es in melancholische Stimmung, und er beginnt ganz ernsthaft von seinem Ableben zu sprechen. Es ist in letzter Zeit schlimmer mit ihm geworden, und obwohl er keiner von denen ist, die mit Vorliebe von ihren Krankheiten reden, hat er schon erwähnt, dass der Chirurgus ihm kaum Hoffnung macht und, vor allem, ihm nicht mehr viel Zeit gibt. Er lebt von altbackenem Brot; statt Bier und Wein trinkt er vermehrt den Absud der Blutwurz und abgekochtes Wasser. Trotzdem macht er nach Kräften Dienst; Strasser hat weder vorher noch nachher ein solches Beispiel von Willenskraft und Pflichtbewusstsein gesehen. Aber vielleicht hält König gerade der Dienst am Leben.

Die Todesgedanken bringen König auf ein anderes Thema. Unvermittelt und nach längerem Schweigen sagt er: „Strasser, du vertragst dich doch gut mit der Katharina."

Strasser, der zu diesem Zeitpunkt noch recht unbefangen in Bezug auf die Frau seines Vorgesetzten ist, lacht:

„Ja, sie ist lieb und sie kocht ausgezeichnet."

„Ja, und die Buben mögen dich auch. Ich hab´ eine Bitte an dich: Wenn ich einmal nicht mehr da bin, würdest du dich dann um sie kümmern? Es geht nicht ums Geld, die

Kathi bekommt was von ihren Eltern, und da ist noch die Stiftung für die Versorgung von Armeewitwen. Aber ich möchte halt sicher sein, dass jemand sie unterstützt. Als Fürsprech bei der Obrigkeit und so …"

Etwas missfällt Strasser an dieser Bitte.

„König, weißt du überhaupt, ob deine Frau das will? Du redest da von ihr wie von einem Hund, der auf einen guten Platz kommen soll."

„Wenn es um einen Hund ginge, bräuchte ich dich nicht zu fragen, da gibt es genug Bauern im Ort, die ihn nehmen täten!", sagt König ziemlich schroff.

Wenig später tut es ihm leid: „Versteh mich bitte, ich muss halt an die Zukunft denken – nicht an meine, aber an die von meiner Familie. Zum Beispiel, wenn irgendein Aktenhengst meint, die Kathi wär' als Witwe nicht geeignet für die Erziehung von den Buben. Oder wenn man sie aus dem Haus wirft, weil ein Bauer den Hof will …"

Strasser will ihm irgendetwas Tröstliches sagen – dass König nur Urlaub braucht oder einen besseren Arzt als den Dr. Faber. Oder eine Kur in Karlsbad … Aber das alles hat König wohl schon selber erwogen und verworfen.

So sagt er: „Ich werd' tun, was ich kann." Damit König eine Ruhe gibt.

König nickt nur. „Dann ist es Zeit, dass wir Gefechtsposition einnehmen", sagt er, „Ich lass mich jetzt zurückfallen. Wenn nichts passiert, treffen wir uns daheim."

Mittlerweile ist der Nebel so dicht, dass man ab ein paar Klaftern nichts mehr erkennen kann. Auch die Geräusche sind gedämpfter als sonst. Die wenigen Wanderer, die ihnen begegnen, sehen aus wie Riesen und nehmen erst in der Nähe menschliche Maße an. Und aus diesem Grund erlaubt König es sich, viel knapper hinter Strasser her zu reiten, als er es unter anderen Umständen täte.

Strasser ist jetzt allein und denkt über sein Gespräch mit König nach, das ihn einigermaßen verwirrt hat. Was sollte das? Hat König ihm vorgeschlagen, seine Witwe zu heiraten? Als eine Art Vermächtnis? In der Sache hat er ja nicht unrecht; auf eine junge Witwe mit zwei kleinen Kindern kommt einiges zu, bei dem sie Hilfe brauchen könnte. Sie wäre keine schlechte Partie, das ist auch wahr, sie sieht gut aus, und wenn er mit ihr allein ist, wird sie oft lustig und übermütig wie ein Backfisch. Aber König ist trotz allem noch recht lebendig und –

Jemand kommt ihm entgegen, den hätte er in Gedanken beinahe übersehen. Ein Riese und durchaus als Mörder qualifiziert. Aber ein Mörder wird kaum von vorne kommen, Mörder kommen von hinten, denkt Strasser.

Die Gestalt wird erkennbar. So stattlich sie im Nebel erschienen ist, so schief und gebrechlich ist sie aus der Nähe gesehen. Es ist Renato, den Strasser seit dem Vorfall mit den Bullenbeißern nicht mehr gesehen hat.

Um ein Haar hätte Strasser ihn gegrüßt und etwas hinzugefügt, was man halt so sagt: Das ist ein Nebel heute, was? Oder: Auch noch unterwegs? Aber er ist ja für

Renato eine unbekannte Frau und darf sich nicht verraten, also sagt er nichts. Er geht nur etwas zur Seite, verneigt sich grüßend und um weibliche Anmut bemüht und ist schon an ihm vorbei.

*

Er hat später, als er viel Zeit gehabt hat, die folgenden Ereignisse wieder und wieder an seinem geistigen Auge vorüberziehen lassen und ist, nach Ausschluss des Unmöglichen, zum Ergebnis gekommen, dass der Hieb auf den Hinterkopf ihm das Bewusstsein nur für wenige Sekunden geraubt hat. Und obwohl es für ihn nicht gerade ein Ruhmesblatt gewesen ist, hat er Jahrzehnte später sein Erlebnis auch vor Polizeianwärtern geschildert, die taktisches Verhalten in gefährlichen Situationen erlernen sollten:

„Ich konnte mir damals nicht vorstellen, dass dieser Kerl, den einmal ich und der einmal mich aus einer misslichen Lage gerettet hatte, mir etwas antun würde. Ich hätte daran denken sollen, dass er mich ja nicht erkannte, sondern für eine Frau hielt. Seien Sie sich also immer darüber im Klaren, wie Sie von Ihrem Gegenüber wahrgenommen werden!"

Aber eben das hat er vergessen, er ist niedergeschlagen worden und auf den Rücken gefallen, ohne es überhaupt zu merken, und jetzt hat ihn eine unwiderstehliche Kraft an einem Fußknöchel gepackt und schleift ihn über den Waldboden dahin, so sehr er auch mit dem freien Fuß gegen die haltende Faust tritt. Schon geht die wilde Fahrt ins Dickicht, aber den Korb trägt er noch am Arm, er greift hinein, holt eine Pistole heraus, spannt sie und drückt ab.

*

König vermeint, in der Milchsuppe vor sich eine heftige Bewegung zu sehen, die er nicht deuten kann. Mitten drin ein Aufblitzen oder Aufflammen. Nichts sonst, kein Feuerstrahl, kein Knall. Hat Strasser sich einen Cigarro angezündet oder eine Pfeife? Aber Strasser raucht nicht, so lang ist er noch nicht beim Militär. Dann kann es nur eines bedeuten –

*

– es kann nur eines bedeuten, weiß auch Strasser: Der Schuss hat versagt, das Zündkraut auf der Pfanne ist abgebrannt, ohne die Ladung im Lauf zu zünden, weil das Pulver nass geworden ist oder das Zündloch verlegt war. Alles ist anders gekommen als geplant, und seine gottverdammte Schlamperei, sich die Reinigung der Waffen zu ersparen, kann ihn das Leben kosten. Denn Renato hat jetzt seinen Fußknöchel losgelassen und wirft er sich auf ihn wie die Katze auf die Maus. Eine Katze mit einem Messer. Strasser erwischt die Messerhand und drückt sie von sich weg, aber er weiß, dass er da schlechte Chancen hat, vor allem, weil er unten liegt und Renato Kräfte entwickelt, die ihm keiner zutrauen würde.

Doch plötzlich zuckt Renato zurück, als ob ihm ein Kapuziner ins Gewissen geredet hätte. Sein Gesicht eine Fratze des Abscheus, richtet er sich auf und taumelt zurück bis zur Straße. Und da kommt König aus der

Nebelwand und reitet ihn nieder wie einen Strohsack. Renato wird klafterweit zurückgeschleudert, kommt auf die Beine und humpelt in den Wald, heulend vor Schmerzen, vor Wut – und vor Enttäuschung, wie es Strasser scheint.

Die Stute, alles andere als ein Schlachtross und derlei Eskapaden nicht gewohnt, wiehert und bäumt sich, dass König fast aus dem Sattel fällt. Aber er fängt sich, steigt auf halbwegs geordnete Weise ab und rennt zu Strasser, der noch immer auf dem Rücken liegt.

„Was ist mit dir, Alois? Bist du verletzt?"

„Glaub' ich nicht. – Das war der Renato, wir müssen ihm nach!"

„Gar nix müssen wir, der kommt nicht weit. Und jetzt steh' auf und bring' dein Gewand in Ordnung. Wie du ausschaust, einfach schamlos!"

Schlagartig wird Strasser klar, warum Renato so plötzlich von ihm abgelassen hat: Sein Unterleib ist nackt bis zum Nabel, so weit hat es ihm Mantel und Röcke hochgestreift, als er in den Wald geschleift worden ist.

„Kein Wunder, dass es dem Renato gegraust hat", sagt König, den jetzt eine nervöse Heiterkeit gepackt hat; es schüttelt ihn geradezu vor unterdrücktem Lachen. „Er wollte ja eine Frau und kein Mannsbild ohne Hosen!"

Strasser steht auf und fällt sofort wieder um. Der Waldboden hat ihm nicht nur den Hintern aufgeschürft, sondern auch Haube und Perücke abgestreift, und auf seinem Schädel ist ein seltsames Gestell sichtbar geworden, bestehend aus drei Stahlreifen. Einer geht rund um den Kopf, zwei weitere einmal der Länge und einmal der Breite nach im Bogen darüber. Der Stahl hat sich in Strassers Kopfhaut eingedrückt, und er blutet ein wenig.

„Du trägst eine Kalotte?"

„Seit Marengo! Ohne das hätt' es heut böse ausgehen können. Was hat der Hund mir eigentlich über den Schädel gehaut?"

„Wahrscheinlich seine Krücke", sagt König, „aber das ist jetzt egal, komm', ich helf' dir auf, und du darfst reiten. Vorher gibst du mir die Pistole, für den Fall, dass sie unversehens losgeht. Und dann Abmarsch Richtung Chirurgus!"

„Zum Herrn und Meister des Renato. Einverstanden!", sagt Strasser mit Bestimmtheit, „Aber wir nehmen ihn fest. Und irgendwann wird auch der Renato heimkommen."

Und dann rückt er Perücke und Hut zurecht, als ob er vor dem Spiegel stünde.

„Muss er ja. Aber da sollte der Chirurgus schon im Kotter sein", sagt König.

König hilft ihm in den Sattel und führt das Pferd. Strasser fällt auf, dass die Gewalttat König mehr mitgenommen hat als ihn; die seltsame Heiterkeit ist ihm bald vergangen, er ist plötzlich bleich geworden und presst die Hand gegen den Leib.

Sie sind schon auf halbem Weg ins Dorf, als Strasser plötzlich sagt:

„König, ich freu mich ja, dass du nach langer Zeit wieder einmal gelacht hast. Aber müssen wir in unserem Bericht eigentlich erwähnen, dass der Mensch von mir abgelassen hat, weil er meine südliche Hälfte nackt gesehen hat? Sollte ich jemals zur Polizei kommen, hängt mir das mein Lebtag lang nach. Wie bei unserem Geographieprofessor, nur weil er einmal vergessen hat, – “

„Ich kann gar nichts dazu sagen“, unterbricht ihn König, „ich habe keine Ahnung, was den Renato zum Rückzug bewogen hat.“

„Diesen Punkt erwähnen wir also nicht. Schwörst du? Ich muss dich sonst erschießen!“

„Ich schwöre! Und jetzt halt den Mund, denn du fängst an, Unsinn zu reden.“

Und so ist dieses Detail auch nie an die Öffentlichkeit gelangt. Als allerdings viele Jahre später Strasser seiner Ehefrau Katharina unter dem Siegel der Verschwiegenheit davon erzählt hat, musste sie sehr lachen, weil sie schon von ihrem ersten Mann, dem weiland Feldwebel Ludwig König, alles erfahren hatte.

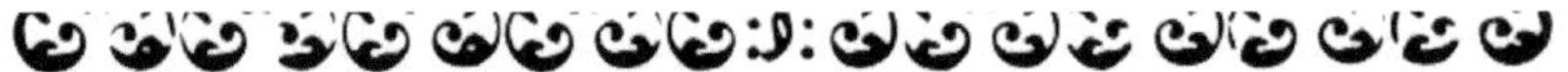

NEUNZEHN

Auf dem Rest des Weges hat Strasser tatsächlich den Mund gehalten, um nicht Unsinn zu reden, und dafür nur wieder und wieder gedacht: Jetzt weiß ich, wie es der Rosi ergangen ist. Nur dass sie der Mörder auf andere Art ins Dickicht gezerrt haben muss, vielleicht an den Armen oder an den Haaren, denn ihre Röcke waren dort, wo sie hingehörten.

Dann sind sie im Polizistenhaus, wo sie ihre Pferde einstellen und Strasser sich seine Büchse aus dem Rübenkeller holt und dafür seine Pistolen deponiert. König hat sie später abgefeuert, und sie haben beide anstandslos funktioniert, wohl weil das Pulver mittlerweile getrocknet war.

Jetzt geht es zum Arzthaus, wo König mit lauter Stimme und mit dem Gewehrkolben Einlass begehrt. Der Arzt, in Hausrock und Zipfelmütze, öffnet.

„Oh, Herr König. Ist was mit den Buben? – Und guten Abend, Madame!"

„Das ist keine Madame", sagt König, „das ist mein Kamerad Strasser. Ist Renato da?"

„Nein."

„Dann müssen wir das Haus durchsuchen."

„Aber was wollen Sie denn vom Renato? Mit Gewehr! Und in Verkleidung!"

„Nur damit Er es weiß!", sagt Strasser, „Der Renato hat mich für eine Frau gehalten und zu ermorden versucht.

Und nur weil ich … durch einen Zufall ist es ihm nicht gelungen."

König sagt: „Falls er in der Zwischenzeit kommen sollte – denn wo sollt' er sonst hin? – dann geb' Er ihm nur ja kein Warnzeichen, sonst brenn' ich Ihn nieder auf der Stelle, so leid es mir täte! Und jetzt komm' Er mit mir und schließ' Er überall auf."

Und dann geht es los. König und der Arzt in den Vorraum, ins Zimmer zur Straße, ins hintere Zimmer, danach in die ehemalige Waschküche, die er Arzt zu seinem Behandlungsraum gemacht hat, und dann in die übrigen Räume rechts und links vom Hof, auch in die Kammer des Renato, und bis nach hinten zum Stall, wo er Wagen und Pferd eingestellt hat.

Strasser bleibt vorne im Hof und hofft, dass der Renato sich heimlich hereinschleichen wird und er ihn bei dieser Gelegenheit niederschießen kann. Mit seiner Waffe sieht er aus wie eines der Pariser Weiber beim Sturm auf die Tuilerien, eine Szene, die er auf einem Stich gesehen hat. Seine Kopfschmerzen werden jede Minute schlimmer. Irgendwann geht er und erbricht sich in eine Ecke.

König und der Arzt kommen zurück.

„Nichts", sagt König, „aber hierher kommen wird der Renato, sonst erfriert er ja im Wald. Vorpass zu halten[12], hat keinen Sinn; er kann von Hintaus kommen oder von der Straße, wir sind nur zu zweit, und der Nebel wird

---

¹² Österr. für „auf der Lauer liegen"

nicht weniger. Wir gehen jetzt hinein und verhören den Doktor. Ist Er damit einverstanden?"

Der Arzt nickt und geht voran.

König setzt sich umständlich zurecht, holt Stift und Schreibblock hervor und beginnt damit, dass er dem Arzt vorhält, was ihm zur Last liegt:

„Er hat gehört, was mein Kamerad erlebt hat. Ich kann es bezeugen. Der Renato Faber steht im dringenden Verdacht des vollendeten Mordes an der Rosi Honsik und des versuchten Mordes in zahlreichen anderen Fällen, darunter auch an meinem Kameraden. Leider ist Er verdächtig, Mitwisser des Renato gewesen zu sein oder ihn sogar zu seinen Untaten angestiftet zu haben."

„Nie und nimmer; ich habe ihn vielmehr davon abzubringen versucht!"

„Das heißt, Er hat etwas gewusst."

„Mir ist aufgefallen, dass er nie zuhause war, wenn eine Frau verfolgt worden ist, und auch nicht an dem Tag, als die Rosi ermordet worden ist. Und um Ihrer Frage zuvorzukommen:

Natürlich konnte Renato auch hören, was ich mit meinen Patientinnen gesprochen habe, falls er an der Tür gelauscht hat."

„Hat Er ihn später zur Rede gestellt?"

„Allerdings, aber das hat nichts gebracht. Renato hat nur sein blödestes Gesicht aufgesetzt und gesagt: Renato weiß nix von Frau Rosi."

„Und das hat Er ihm geglaubt?"

„Nein. Ich konnte mit der Zeit recht gut unterscheiden, wann der Renato lügt und wann nicht."

„Dann hätt' Er ihn anzeigen müssen. Und jetzt ist Renato selber verletzt, und wer weiß, was er noch für Unheil anrichtet, wenn man ihn nicht rechtzeitig erwischt. Sag' Er uns wenigstens, wo er jetzt sein könnte. Dann kriegt Er vielleicht Strafmilderung."

„Ich habe keine Ahnung."

„Hat der Renato irgendeinen Unterstand, draußen im Wald? Ein Biwak?"

„Ich weiß nicht."

„Dann was anderes", unterbricht Strasser, „Wer hat dem Renato vom Schwarzen Knecht erzählt und ihm den Aberglauben mit den Frauenherzen eingegeben? War das Er?"

„Um Gotteswillen, nein!"

„Wer dann?"

„Niemand."

Und das ganz ruhig und gelassen.

Strasser spürt, wie ihn die Wut packt, aber er hält sich zurück.

„Der Renato", sagt er, „hat sich ganz unüblich verhalten, sogar für einen Mörder. Er hat etwas getan, was vielleicht bei den Wilden in Mexiko oder Tahiti üblich ist, aber nicht bei uns. Anders ausgedrückt, er hat es genauso gemacht wie der Schwarze Knecht seinerzeit. Stimmt Er mir darin zu?"

„Der Fall Muhr ist mir bekannt."

„Ja, und ist der Schwarze Knecht dem Renato vielleicht im Traum erschienen?"

„Man könnte es glauben. Aber so war es nicht."

„Und warum nicht?", fragt König.

Der Arzt mustert die beiden. Als ob er sich überlegt, wie sie seine nächsten Worte aufnehmen werden. Und ob er das überleben wird. Dann, ganz leise aber bestimmt, sagt er:

„Weil der Renato der Schwarze Knecht i s t ."

Strasser, der sich halb erhoben hat, sinkt in den Sessel zurück. In seinem Kopf rauscht es wie von großen Meereswogen.

„Ich rate Ihm, uns nicht zum Narren zu halten", sagt König verärgert, „das Gewäsch vom auferstandenen Muhr hängt uns zum Hals heraus!"

„Meine Herren, ich halte Sie nicht zum Narren. Ich will Sie auch nicht anlügen und ich will nichts ableugnen. Ich weiß, was mir bevorsteht, als Mitschuldigem an einem Mord. Ich will Ihnen jetzt ruhig und zusammenhängend alles erzählen. Ich habe genug gelogen. Sind Sie bereit, mich anzuhören?"

„Red' Er!", sagt König.

„Darf ich vorher etwas zum Trinken bringen? Und Herr Strasser, brauchen Sie ärztliche Hilfe? Sie haben offenbar eine *contusio capitis* erlitten und gehören ins Bett."

„Ein Glas Wein", sagt König.

„Mir auch", sagt Strasser.

„Von Wein würde ich abraten, Herr Strasser", sagt der Arzt, aber nach kurzem Zögern steht er auf und geht hinaus. Strasser schaut König fragend an, aber der macht nur eine wegwerfende Handbewegung, und gleich darauf kommt der Arzt mit Schnaps, Mährischem Rotwein und Gläsern zurück. König und Strasser schenken sich ein und nehmen einen ersten Schluck. Dr. Faber stürzt einen Schnaps hinunter und beginnt mit seinem Geständnis. König macht sich Notizen.

ZWANZIG

„Wie Sie sich denken können, war die Geschichte, die ich bisher immer erzählt habe, eine Lüge. Ich fand nichts dabei, weil ich glaubte, dass ich am Renato ein gutes Werk vollbracht hätte. Leider war das Werk nicht gut genug und die Geschichte auch nicht, und einige im Ort haben ihre Zweifel daran gehabt. Einer aber wusste ganz genau Bescheid."

„Der Alte Grasl seligen Angedenkens!", sagt König,

„Ja, der Grasl. Der war es, der mir überhaupt den Renato verschafft hat. – Sehen Sie, ich war ein junger Arzt, ohne jede Erfahrung, was die Chirurgie angeht. Ich wusste nur ganz ungefähr, wie es im Inneren des menschlichen Körpers aussieht. So habe ich zu einem Mittel gegriffen, das auch bei vielen meiner Kollegen beliebt ist. Ich finde nichts Böses daran, wenn wir uns bilden wollen, immerhin geht es um das Wohl unserer Patienten. Aber das Gesetz und die öffentliche Meinung waren und sind noch immer dagegen. – Damals gab es den Prozess des Muhr, vulgo der Schwarze Knecht. Als die oberste Instanz das Urteil bestätigte, sah ich eine Möglichkeit, einen Leichnam für mich ganz allein zu bekommen, einen Leichnam, der noch dazu eine Anzahl schwerer Knochenbrüche aufweisen würde, aus denen ich auch einiges lernen konnte.

Es wurde im Urteil bestimmt, dass der Schwarze Knecht nach seinem Ableben vom Rad abgenommen und am hiesigen Schindanger verscharrt werden sollte, und das nicht vom Totengräber, sondern vom Schinder. Ich wendete mich daher an den Alten Grasl. Ich kannte ihn, weil ich ihn öfters wegen Arbeitsverletzungen und Infektionen behandelt hatte, und ich wusste, dass sein Berufszweig das Gesetz nicht sehr ernst nimmt. Der Grasl war auch von Anfang an verständnisvoll, wies aber auf das Risiko hin, das er damit einging. Denn immerhin musste er mir den Leichnam unauffällig ins Haus schaffen und wahrheitswidrig bestätigen, dass der Justifizierte ordnungsgemäß auf dem Rad verstorben und danach von ihm verscharrt worden war. Ich halte es auch für möglich, dass er jemanden bestechen musste. Er verlangte dafür eine nicht gerade geringe Summe, die allerdings auch honorierte, dass er den Leichnam nach der Prosektur wieder wegschaffen würde, notfalls auch stückweise. Damit wäre das Urteil vollstreckt gewesen, wenngleich mit einiger Verspätung.

Also habe ich bezahlt. Das war der Punkt, an dem meine Ehe zu bestehen aufgehört hatte, denn meine Frau kam hinter meinen Plan und war von mir zutiefst angeekelt. Es war auch der Punkt, ab dem ich nicht mehr wohlhabend war und auch keine Chance mehr hatte, es zu Lebzeiten des Grasl jemals zu werden. Das wusste ich natürlich nicht, ich hoffte, sobald der Muhr endgültig unter der Erde war, würde Grasl Ruhe geben. Aber es kam anders.

Nach etwa zwei Tagen hatte der Schwarze Knecht ausgelitten, er rührte sich nicht mehr und hatte auch zu stöhnen aufgehört. Grasl verständigte mich also, dass er unser Geschäft in der nächsten Nacht erledigen würde. Die Nacht war mondlos. Mit einem Helfer, den ich nicht kenne und nie gesehen habe, nahm er den Muhr vom Rad und brachte ihn mit einem Wagen und danach mit einer Scheibtruhe über den Hirschenkogelweg und Hintaus in mein Haus, das heißt, in einen ehemaligen Stall, den ich für Studien und Experimente eingerichtet hatte. Ich bezahlte ihm den Rest seiner Belohnung, und er verschwand, mit dem Bemerken, dass ich ihn verständigen sollte, wenn ich mein Forschungsobjekt nicht mehr brauchen würde.

Sie erwarten wohl, wie in einem Schauerroman, dass ich jetzt den ersten Schnitt am Leichnam vornehme, und dieser zum Leben erwacht. Doch so weit war ich noch gar nicht, da hatte die Wärme des Raumes schon ihre Wirkung getan, und der Leichnam begann sich zu winden und schreckliche Laute von sich zu geben. Ich muss gestehen, dass ich zu Tode erschrocken war. Dann fasste ich mich, und eine größere und weit berechtigtere Angst packte mich: Ich hatte es jetzt mit einem lebenden Menschen zu tun, einem mehrfachen Mörder noch dazu. Abgesehen davon war ich selber zum Verbrecher geworden."

„Was für ein Verbrechen sollte das sein? Leichenraub doch wohl nicht", sagt König.

„Versuchter Leichenraub oder Leichenschändung?", meint Strasser.

„Es war ja keine Leiche da", wendet König ein, „ohne Leiche kann es diese Delikte nicht geben."

Strasser sagt: „Dann ein Fall von Hinrichtungsvereitelung, weil ja bis zum Tod des Armen Sünders die Exekution noch anhängig ist – also jedenfalls als im Gange befindlich angesehen werden muss."

Dr. Faber sagt: „Oder vielleicht so etwas, wie einem Verbrecher zur Flucht zu verhelfen? Ich wusste es nicht, aber mir war klar, dass die Justiz dergleichen nicht dulden würde. Ich sah nur zwei Möglichkeiten: Ich konnte ins Schloss gehen und den Fall anzeigen. Das wäre das Klügste gewesen. Mir hätte man zu diesem Zeitpunkt noch nicht viel vorwerfen können, und es war die letzte Möglichkeit, meine Ehe zu retten.

Oder ich konnte den Muhr umbringen und ein wenig an ihm herumschnipseln, dann hätte nicht einmal Grasl etwas bemerkt, wenn er ihn abholte. Aber ich hätte einen Mord begangen, wenn auch an einem Mörder, der von Rechts wegen gar nicht mehr leben sollte.

Stattdessen begann ich, den Mann zu heilen. Angesichts eines Schwerverletzten konnte ich gar nicht anders. Ich gab ihm zu trinken, das war das Wichtigste, und ich gab ihm Stärkungsmittel und später zu essen. Dann richtete ich seine Gliedmaßen ein und begann sie zu schienen. Er verstand überhaupt nicht, was mit ihm vorging, und ich hätte ihm ohne weiteres einreden können, dass er im Himmel oder in der Hölle war. Eher letzteres, denn die Schmerzen, die ich ihm bereiten musste, dauerten länger und waren schlimmer als die der Hinrichtung, obwohl ich ihm Laudanum in großen Mengen eingab.

Ich war jetzt nicht nur Chirurgus, sondern auch Krankenpfleger. Meine Frau weigerte sich, mir dabei zu helfen, und entfremdete sich mir immer mehr. Und eines Tages war sie fort; sie hinterließ mir einen Brief, in dem es hieß, sie würde noch eine Sache für mich tun: Nämlich mich nicht bei der Obrigkeit anzeigen. Seither habe ich nichts mehr von ihr gehört und bekam nur ein paar Briefe von einem Wiener Advokaten, die ich weggeworfen habe. Ich musste mir eine Haushälterin nehmen, die aber nur an ein paar Stunden pro Tag kommt. An der probierte ich zum ersten Mal die Lügengeschichte von den italienischen Gauklern aus, die ich allen und auch Ihnen erzählt habe. Die Frau glaubte alles, war voller Mitgefühl und war auch gern bereit, mir bei der Krankenpflege zu helfen.

Mein Patient war von hervorragender Konstitution, sonst hätte er schon das Rädern und die folgenden Tage nicht überlebt. Seine Knochenbrüche verheilten wie durch Zauberei, und die Muskel- und Gelenksübungen, die ich mit ihm machte, gaben ihm auch seine Beweglichkeit wieder. Als es ihm besser ging, übte er sich in einer Fertigkeit, die er vermutlich schon vorher besessen hatte. Mit großem Erfolg: Nach kurzer Zeit hatte ich keine Ratten und keine Mäuse mehr im Haus, und später brachte er mir Fasane und Rebhendel."

„Wie hat er das gemacht?", fragt Strasser.

„Er war auch ein Wilddieb und brauchte dazu keine Flinte, denn er war ein Meister darin, mit einem Steinwurf ein Ziel zu treffen."

„Das hat er mir bewiesen, vor ein paar Wochen und, wie ich meine, auch heute", sagt Strasser und winkt ab, als der Arzt ihn fragend anblickt.

„Weiter!", befiehlt König.

„Ich unterhielt mich mit ihm, denn ich musste ja etwas über ihn erfahren. Es war nicht leicht; seine Redeweise war so, als ob er alle Worte eines Satzes zugleich hervorstoßen oder besser gesagt: herausbellen wollte. Allerdings: Was herauskam, konnte leicht als das Deutsch eines Halbidioten durchgehen, dessen Muttersprache eine andere war.

Nach einigen Wochen berichtete ich die Geschichte im Amt der Herrschaft, wo man nicht den geringsten Verdacht schöpfte und auf die ganze Sache die Bestimmungen über Findelkinder anwendete. Ich behauptete, dass mein Findelkind sich Renato nannte, auf Deutsch der „Wiedergeborene". Ich hatte den Namen gewählt, weil er mir sehr passend erschien, und das war von da an sein Vorname. Als Familienname wurde der meinige bestimmt, wie es auch bei den Negersklaven in Amerika üblich sein soll."

„Und der Alte Grasl?", fragt König interessiert.

„Ja, als bekannt wurde, dass ich sozusagen über Nacht ein Pflegekind bekommen hatte, zählte er zwei und zwei zusammen und konfrontierte mich damit. Ich versuchte gar nicht, ihn anzulügen, sondern fragte gleich nach dem Preis für sein Schweigen. Er sagte, den werde er von Zeit zu Zeit bestimmen, proportional zu meinen Einkünften. Denn er wisse ziemlich genau, wie viele Patienten ich hätte. Ich bestritt seine Forderung nicht. Immerhin hatte ich ihn um einen Leichnam gebracht, mit dem er noch Geld verdienen hätte können. Solange ich arbeiten konnte, war ich vor dem Grasl sicher, er hatte ja ein Interesse daran, dass ich zahlungsfähig blieb. Und ich habe mindestens die Hälfte von seinem Anwesen finanziert. – Aber mir drohte jetzt eine viel größere Gefahr aus anderer Richtung. Nämlich von Renato selber. Und der war Vernunftgründen keineswegs so zugänglich wie der Grasl.

Nach einem halben Jahr war absehbar, wann er das Haus aus eigenen Kräften verlassen würde. Ich konnte ihn ja nicht einsperren. Also musste ich sein Äußeres verändern. Er musste in Hinkunft eine andere Person darstellen – etwas, das schon einem klugen und normalen Menschen schwerfallen würde, um wieviel mehr ihm!

So musste er jetzt immer glattrasiert sein, denn seinen Spitznamen hatte er seinem wilden Bart zu verdanken gehabt. Ich brachte ihm das Rasieren bei und schnitt ihm auch die Haare. Seine Sonnenbräune war vergangen; er war jetzt bleich wie eine Dame von Stand. Das Wichtigste aber war seine Körperhaltung: Am Anfang bewegte er sich tatsächlich wie ein Krüppel und brauchte seine Krücken. Ich machte ihm klar, dass er beides –

Körperhaltung und Krücken – beibehalten musste, wenigstens wenn er das Haus verließ. Denn er wurde zwar nie mehr ganz hergestellt, aber tatsächlich war er in keinem schlechteren Zustand als etwa ein Bauer nach einem arbeitsreichen Leben, und er hat Kräfte wie ein Bär. Das durfte er nicht zeigen, es hätte zu sehr an seine Erscheinung von früher erinnert. Ich trichterte ihm auch ein, so wenig wie möglich zu reden, denn seine Sprache konnte ich nicht ändern, und er hätte sich mit einem Wort verraten können. Das sah er ein, und für seine Verhältnisse machte er es ausgezeichnet."

„Kann er eigentlich laufen?", fragt König.

„Nicht gut und nicht schnell. Das war etwas, das ich ihm nicht wiedergeben konnte, denn die Brüche seiner Schienbeine waren kompliziert. Deshalb hatte ich anfangs keine Sorge, denn eine gesunde Frau konnte er unmöglich erwischen, auch wenn er es vielleicht glaubte."

„Bis er seine Taktik geändert hat", sagt Strasser. Er steht auf und geht in der Stube auf und ab. Die beiden brauchen ja nicht zu sehen, dass ihm die Tränen in die Augen steigen.

„Weiter!", sagt König, „Und du, Strasser, setzt dich wieder hin."

„Um die Zeit, als er gehfähig wurde, kam ich dahinter, dass er ganz bestimmte Pläne hatte – nämlich, mich bei der Obrigkeit anzuzeigen, um die Belohnung zu kassieren, die seiner Meinung nach auf meinen Kopf ausgesetzt war. Nach dieser Belohnung erkundigte er sich eingehend. Bei mir!"

„Ja, hat der Renato denn gar keine Dankbarkeit für Ihn empfunden?", fragt König entgeistert.

„Diese Frage habe ich mir auch gestellt und bin zum Schluss gekommen, dass ihm das dafür zuständige Organ gänzlich fehlte. Ich hielt es sogar für möglich, dass er zu einer Menschenrasse gehört, die sich vor langer Zeit von uns abgespalten und getrennt entwickelt hat, zum Beispiel durch fortgesetzte Inzucht. Oder dass solche menschlichen Gefühle bei ihm verkümmert sind, weil sie auch ihm nie entgegengebracht wurden. Ich studierte jetzt gewissermaßen nicht seinen Körper, sondern seine Psyche, wie ein Irrenarzt, obwohl mir bewusst war, dass ich meine Studienergebnisse nie und nirgends veröffentlichen konnte."

„Und doch", sagt Strasser, „als in Unter-Bockstall ein paar Taugenichtse ihre Bullenbeißer auf mich gehetzt haben, hat er die Hunde durch Steinwürfe vertrieben. Ich meine, da wollte er mir seine Dankbarkeit erweisen. – Wegen des Vorfalls, als ich ihn hierher eskortiert habe."

Dr. Faber überlegt. „Ich fürchte", sagt er, „da tun Sie ihm zu viel der Ehre an. Es ging ihm wohl eher darum, Tiere zu quälen, und er hatte ausnahmsweise eine Rechtfertigung dafür."

„Wie ist es mit dem Plan des Renato weiter gegangen?", fragt König.

„Ich sagte ihm zunächst, dass kein Mensch außer dem Grasl wusste, was es mit dem Grab am Schindanger auf sich hatte, weshalb auch keine Belohnung ausgesetzt worden war. Ich warnte ihn auch, dass er sofort in Haft genommen und neuerlich hingerichtet werden würde, wenn er sich stellte. Aber Renato, der praktisch nur das Unsinnige glaubte, unterlag noch einem weiteren, viel gefährlicheren Irrglauben: Es heißt ja, dass in alten Zeiten das Misslingen einer Hinrichtung als Zeichen Gottes angesehen wurde, der den Tod des Delinquenten nicht wollte, was angeblich zur Begnadigung führte. Davon hatte er gehört und betrachtete sich als so gut wie begnadigt. Ich erklärte ihm, dass das vielleicht vor Jahrhunderten so gewesen sei, heute aber nicht mehr. Und dass hier nicht der Allmächtige eingegriffen hatte, sondern der Alte Grasl und ich. Und dass selbst eine Begnadigung damals wie heute ein Leben im Kerker und in Ketten bedeutete. Es war umsonst, er grinste nur blöde und schüttelte ungläubig den Kopf. Ich zermarterte mir das Hirn, wie ich ihn von der Wirklichkeit überzeugen sollte. Viel Zeit hatte ich nicht, denn schon war er imstande, in seiner Kammer auf und ab zu gehen, und seine Kräfte kehrten in beunruhigender Weise zurück. Da kam mir eine Idee. Ich hatte es ja nicht mit einem intelligenten oder auch nur vernünftigen Menschen zu tun, also musste ich einen anderen Weg wählen.

Es hieß seinerzeit, dass er vor seiner Hinrichtung einen letzten Wunsch geäußert hatte: Er wollte kein Festmahl und keinen Bombenrausch wie viele andere. Aber er hatte einem Zirkel angehört, wo Romane vorgelesen wurden, und er sagte, er hätte gar zu gern

gewusst, wie es in dem gerade gelesenen Abenteuer-
roman weiterging, danach wollte er ruhig sterben.
Natürlich hatte damals niemand Zeit oder Lust gehabt,
ihm den Vorleser zu machen.

Ich schlug daher vor, ihm zur Belohnung für seine
Arbeit im Haus den Roman, dessen Anfang er ja schon
kannte, weiter vorzulesen. Davon war er begeistert. Durch
einen Antiquar beschaffte ich mir das Buch, eine
Geschichte aus der Pariser Unterwelt, und fing an zu
lesen. Es war nicht schwer für mich, vom Original
abzuweichen. Im Buch wurde die Hauptperson, nämlich
der Meisterdieb Jeannot, gefangen und zum Tod am
Galgen verurteilt. Seine Freunde aber behandelten den
Galgenstrick mit einer Feile, sodass er bei der Hinrichtung
riss und Jeannot am Leben blieb und noch zahlreiche
unglaubhafte Abenteuer erleben konnte. In meiner
erbaulichen Version hingegen wurde sofort ein anderer
Strick beschafft und die Hinrichtung wiederholt, diesmal
mit besserem Erfolg.

Mein idiotischer Zuhörer befand es allerdings für ganz
in der Ordnung, dass der Dieb gehängt wurde, wenn auch
erst im zweiten Anlauf, und ich musste unzählige
Andeutungen machen, bis ihm die Parallelen mit seiner
eigenen Situation auffielen. Da die Geschichte in einem
Buch stand, wie er meinte, hatte er nicht den geringsten
Zweifel an ihrer Richtigkeit. Er gab seinen Plan auf, weil
er endlich einsah, dass wir gemeinsam untergehen
würden. Aber ich hatte jetzt ein neues Problem.“

„Ich vermute, weil sich mit der Hinrichtung des Jeannot die ganze Geschichte geändert hat", sagt Strasser.

„Das auch; ich musste ja einen neuen Helden einführen und vieles neu erfinden, und manchmal hätte ich mich fast verraten. Vor allem, wenn Renato die Wiederholung eines früheren Kapitels wollte, bei dem ich extemporiert hatte. – Doch es war noch etwas anderes."

„Natürlich – Renato wollte weitere Bücher!"

„So war es. Als wir mit der Pariser Gaunergeschichte fertig waren, musste ich Romane bestellen, die nach seinem Geschmack waren, so dass ich mich schon vor dem Buchhändler schämte. Ich habe auf die Wirkung dieser Romane gehofft, die ja vor Gefühl triefen wie die Schweinsstelze vom Fett. Zusätzlich habe ich erfundene Episoden eingeflochten, die auf Renato erzieherisch einwirken sollten, und das ist auch manchmal gelungen. In einigen Fällen war meine Version wesentlich besser als das Original. Das ging so bis vor ein paar Jahren, als der Lehrer mit seinen Vorlesungen anfing, zu denen ich den Renato schicken konnte. Das kostete nicht viel, und ich hatte Ruhe."

„Was ist dort gelesen worden?", fragt Strasser.

„Zuletzt, glaube ich, ‚Der Schatz der Kuenringer'. Das hat den Renato tief beeindruckt."

„Ich kenne diesen Roman", sagt Strasser, „darin geht es um einen Schatz, der ausgerechnet in unserer Gegend hier vergraben sein soll. Natürlich nur in der Phantasie des Autors."

Der Arzt erstarrt; dann schlägt er die Hände vors Gesicht.

„Das war es", stöhnt er, „damit waren seine Reichtümer in greifbarer Nähe, und er brauchte nur mehr die Frauenherzen, um sie auch zu finden."

„Fasse Er sich", sagt König, „es ist ja nicht zu ändern."

Es braucht eine ganze Weile und noch zwei oder drei Schnäpse, bis der Arzt imstande ist, in seinem Geständnis fortzufahren.

„Es war mein Fehler, dass ich mich nicht darum gekümmert habe, was der Renato dort gehört hat. Er war ja in letzter Zeit ein wenig menschenfreundlicher geworden, und mir ist nie der Gedanke gekommen, dass ihn wieder die Sucht nach Schätzen packen würde. Obwohl ich es mir denken hätte können, denn reich wurde er bei mir wirklich nicht; ich verdiente nicht viel und davon musste ich noch den Grasl bezahlen, damit er den Mund hielt."

„Da war es ja geradezu ein Glück für Ihn, dass der dann umgebracht worden ist", sagt König ein wenig anzüglich.

„Ja", antwortet der Arzt knapp.

„Der Täter ist nie gefasst worden, nicht wahr?"

„Nein."

„Eine Frage noch", sagt König, „Warum hat Er den Renato nicht bei der Obrigkeit angegeben, als er gemerkt hat, was der vorhatte? Die Rosi würde noch leben."

„Da haben Sie Recht, aber bedenken Sie: Ich hatte Renato vom Tod zurückgeholt und fast gänzlich wiederhergestellt. Er war für mich wie ein Kind, ein missratenes Kind, aber trotzdem. Vielleicht hätte ich ihn irgendwann angeben müssen, aber so weit war ich noch nicht. Ich war in einem schrecklichen Zwiespalt."

„Verständlich – schließlich hatte er ja in Ihrem Auftrag den Alten Grasl abgestochen", bemerkt König milde.

„Das bestreite ich auf das entschiedenste!", sagt der Arzt, „Wenn Renato es getan hat, dann nicht in meinem Auftrag."

Und das sagt er mit einem solchen Ausdruck der Empörung, dass Strasser fast geneigt ist, ihm zu glauben. Bis ihm einfällt: Welchen Grund hätte Renato gehabt?

„Beruhige Er sich", sagt König, „wir hätten gegen Ihn keinen Beweis außer der Aussage des Renato selbst, und wer würde dem schon glauben? Auch ist die Frage, ob der Renato noch lange genug lebt, um auszusagen. Bei dem Angriff auf meinen Kameraden ist er selber verletzt worden; ich würde ihm wünschen, dass er daran stirbt, denn noch heute Nacht werden wir ihn suchen, und weder die Leute vom Schloss noch die vom Dorf sind ihm freundlich gesinnt. – Und Ihn müssen wir verhaften, weiß Er das?"

„Das ist mir klar. Aber vorher habe ich Ihnen, Herr Strasser, noch etwas zu sagen, es betrifft die Rosalia."

Strasser hat das Gefühl, dass das Zimmer sich um ihn dreht.

„Wahrscheinlich, dass Er einer ihrer Kunden war", bringt er heraus, „Das interessiert uns nicht."

„Das meine ich auch nicht. – Sie wissen, dass die Rosalia an ihrem letzten Tag ihren Dienst beim Hörndlwirt schon zu Mittag beendet hat, aber erst Stunden danach zu ihren Eltern aufgebrochen ist. Sie haben sich wohl gefragt, wo sie in der Zwischenzeit war."

„Ja, und wo war sie?"

„Sie war bei mir. Aber nicht, was Sie glauben. Als Patientin!"

„Sie war doch nicht krank?"

„Nein, aber sie wollte wissen, ob sie schwanger ist. Und sie hat gesagt, sie freut sich, wenn es so ist, und alles andere ist ihr egal, weil es von einem Mann ist, den sie liebt. Ich vermute aus verschiedenen Gründen, dass sie von Ihnen gesprochen hat. Ich wollte, dass Sie es wissen, Herr Strasser; mehr zu sagen, verbietet mir der Hippokratische Eid."

„Da ist aber jetzt Seine geringste Sorge!"

„Trotzdem. Und selbst, wenn ich reden dürfte, könnte ich Ihnen nicht sagen, von wem das Kind war. – Wenn Sie gestatten, meine Herren, lasse ich Sie jetzt mit dieser Eröffnung allein und verabschiede mich. Ich danke Ihnen, dass Sie mich angehört haben, und bitte um einige Minuten für mich. Ich muss eine Medizin einnehmen."

„Was für eine Medizin?", fragt König.

„Es ist ein Allheilmittel und heißt Kaliumzyanid. Man braucht nicht viel davon; ich rate Ihnen trotzdem, später gründlich zu lüften."

Und schon ist er im Hinterzimmer; ein Schlüssel dreht sich im Schloss.

Strasser fährt auf. „Was hat er gemeint, Ludwig? Was ist Kalium … und so weiter?"

„So was ähnliches wie Blausäure."

„Der will sich umbringen! Wir müssen die Tür aufbrechen, Ludwig, schieß´ ins Schloss!"

Sehr gemächlich sagt König: „Dazu brauchen wir einen Befehl vom Justiziar, sonst ist es Sachbeschädigung. Ich fürchte nur, das wird zu lange dauern. Blausäure wirkt sehr schnell."

„Du willst ihm diesen Ausweg lassen?!"

„Warum nicht? Schau, er war kein schlechter Mensch, nur schwach. Und er war auch kein schlechter Arzt, zumindest bei der Inneren Medizin."

Und nach einer Pause: „Aber dass er vor mir stirbt, das hätte ich nicht gedacht."

Aus dem Hinterzimmer dringt kein Laut. König macht eine Handbewegung, als ob er einem Unsichtbaren zuprosten wollte, trinkt bedächtig sein Glas leer, stellt es ab und sagt:

„Es gibt für mich einiges zu tun, Strasser. Ich bring dich jetzt nach Haus. Dann komme ich zurück, breche die Tür auf und finde zu meiner Bestürzung den Verblichenen. Ich lüfte das Zimmer, mache im Schloss Meldung und stelle ein Suchkommando zusammen. Der Renato kommt nicht weit, ich habe so ein Gefühl, dass es noch diese Nacht zu schneien anfängt."

„Weil es da Spu … Spuren gibt!", murmelt Strasser, in dessen malträtiertem Gehirn der Rotwein beginnt, Karussell zu fahren.

„Ganz recht, und du legst jetzt eine Spur bis in dein Quartier. Ich schick Dir noch heute den Bader."

EINUNDZWANZIG

An diese Nacht hat Strasser nur wenige Erinnerungen. Er erbricht sich noch einmal, geht dann zu Bett und schläft sofort ein. Einmal wird er geweckt. Neben seinem Bett stehen der Bader und Katharina.

„Um Gottes willen, wie schaut denn der aus? Zwei Blaue Augen …", erschrickt Katharina.

„Keine Angst, Madame König, das ist halt so bei einem Schlag auf den Kopf – Herr Strasser, wie viele Finger sehen Sie?" Und er hält ihm die ausgestreckte Hand hin.

Strasser nennt die korrekte Anzahl, worauf der Bader noch einige Fragen dieser Art stellt, die Strasser aber alle zu seiner Zufriedenheit beantwortet.

„Bei einer Gehirnerschütterung kann man nicht viel machen", sagt der Bader, „es genügt, wenn der Verletzte im Bett bleibt und nicht sauft. Arznei weiß ich da keine. Auch nicht gegen die Muskelschmerzen, die jetzt bald einsetzen werden."

„Muskelschmerzen?", fragt Katharina.

„Natürlich. Denn während seines Abenteuers war sein Körper wohl angespannt wie ein Flitzbogen. Dienstfähig ist er jedenfalls nicht."

Und damit geht er. Strasser fühlt, wie ihn wieder der Schlaf überkommt. Aber bevor es so weit ist, hat er ein seltsames Erlebnis: Er spürt Frauenlippen auf seinem Mund. Ein richtiger Kuss ist es, fast wie mit der Rosi. Als er die Augen öffnet, sieht er Katharina am Weg zur Tür. Und dann ist sie draußen. Unter anderen Umständen hätte Strasser sich einige Gedanken dazu gemacht, aber nicht an diesem Abend.

Als er das nächste Mal aufwacht, hat ihn König am Nachthemd gepackt und rüttelt ihn. Es ist Tag, der Nebel ist fort, und es hat geschneit.

König sieht aus wie ein lebender Leichnam, das Gesicht fast so weiß wie die Uniform; er hat letzte Nacht nicht geschlafen und wohl auch nichts gegessen. Lebhaft ist er allerdings, aber es ist eine fiebrige Lebhaftigkeit, als ob er das Antonius-Feuer hätte.

„Strasser – wir haben ihn!", sagt er.

„Gefangen?"

„Nicht gerade. Ich hab′ ihn erschossen."

„Warum denn das?"

„Ich hab′ mir meinen Suchtrupp in ein paar Wirtshäusern zusammengestellt. Du kannst dir nicht vorstellen, was ich mir da für ein Gesindel eingehandelt hab′, auch wenn dann nicht alle am Sammelplatz erschienen sind. Unterwegs hab′ ich mitangehört, was die Leute mit Renato vorhaben, wenn sie ihn erwischen. Das hab′ ich nicht zulassen können, für so etwas bin ich nicht Polizist geworden. Wenn ich sie daran hätte hindern wollen, hätten sie mich als ersten umgebracht. Ich hab′ aber unterwegs im Schnee Blutspuren gefunden, die die andern übersehen haben. Denen bin ich gefolgt und bin im Morgengrauen auf Renato gestoßen, noch vor den anderen, also hab´ ich nachher sagen können, er hat einen Fluchtversuch unternommen, und ich hab´ schießen müssen."

„Und hat er flüchten wollen?"

„Wie denn? – Er war halb erfroren und hat kaum mehr stehen können. Aber das soll mir erst einer beweisen, ich wünsch´ ihm viel Glück. Was sagst du dazu, Kamerad? Ist auch er zu gut davongekommen?"

„Na ja … Wenigstens kann keiner sagen, er war dein Gefangener, und du hast ihn nicht vor der Volkswut beschützt."

„Aber es war hart. – Weißt du, wie ich auf ihn angelegt hab, hat er mich so angeschaut, dass er mir fast leidgetan hat. Ich hab´ ja ein paarmal auf den Feind schießen müssen, bei Neerwinden, da hab ich halt in den Pulverdampf hineingeknallt, aber jemandem dabei ins Gesicht schauen, das ist was anderes … Vor dem Schuss hab´ ich zu ihm gesagt: Besser ich tu´ es als die anderen. Und dann hat er so lange zum Sterben gebraucht, er war immer noch ein zäher Hund …"

Nach einer Weile: „Und ich hätte den Renato gern noch etwas gefragt."

„Was denn?"

„Ob er den Alten Grasl wirklich umgebracht hat, im Auftrag des Chirurgus. Jetzt werden wir es nie erfahren …"

☙❧

Der Bader kommt wieder einmal auf Krankenbesuch. Strasser sitzt beim Tisch, eingewickelt in seinen Mantel, vor sich ein Buch über die Reisen des Captain Cook, das ihm der Justiziar geborgt hat. Er freut sich über den Besuch, denn von Katharina hat er gehört, was man im Dorf so vom Bader redet: Dass er aus seiner Zeit bei der Armee Fähigkeiten besitzt, von denen die studierten Ärzte nur träumen können. Einen mittelstarken Männerarm soll er in weniger als einer Minute amputiert haben, ohne Assistenten! Und er kennt angeblich Kräuter für jedes Leiden. Er kann rasieren und Haareschneiden, sogar den Frauen, wenn die Frisur nicht allzu kunstvoll ist. Verheiratet ist er mit der Hebamme des Ortes.

Vor allem aber ist er ein Mensch, sagt Katharina, mit dem man über alles reden kann. Denn er nimmt sich Zeit für jeden seiner Patienten, obwohl er nebenbei eine kleine Landwirtschaft betreibt und Kinder hat.

Und gerade das will Strasser. Mit einem vernünftigen Menschen reden. Von dem Schlag auf den Kopf spürt er nicht mehr viel, sagt er, wobei er der Meinung ist, dass es sich eher um einen meisterhaften Steinwurf gehandelt hat. Und auch die Muskelschmerzen sind vergangen. Die Königs haben sich um ihn gekümmert; Katharina hat ihm Essen gebracht und die Wäsche gewaschen; den Zwillingen hat er mehrmals sein Erlebnis erzählen müssen.

Aber er muss dem Bader gestehen, dass ihn anderes peinigt.

Der Bader setzt sich zu ihm. „Dann erzähl der Herr einmal!"

Und Strasser berichtet: Dass er immer wieder, und nicht nur im Schlaf, die Sekunden erlebt, als er in der Gewalt des Renato war. Wobei es ihm den Magen und alle Glieder zusammenkrampft und ein unnennbares Entsetzen über ihn kommt, vor allem, als seine Pistole versagt, denn auch das gehört immer dazu.

„In diesen Augenblicken", sagt er, „ist der Renato für mich wirklich ein Wesen aus einer anderen Welt, wie es manche von Anfang an vermutet haben. Wenn ich es nicht besser wüsste…"

Und: „Ich habe gehört, dass nach einem solchen Schlag oft die Erinnerung weg ist. Warum kann das bei mir nicht so sein?"

„Die Erinnerung ist deshalb nicht fort", sagt der Bader, „und sie kommt wieder, wenn man es am wenigsten erwartet. Da ist es schon besser, man erinnert sich gleich an alles und redet drüber." Im Übrigen komme derlei öfter vor, als man glauben möchte, auch bei altgedienten Soldaten, die sich durch Heldenmut ausgezeichnet haben, nur würden die nicht viel davon reden. So zum Beispiel diejenigen, die mehrere Schlachten erlebt hätten, wo sie in Linie vorgehen hätten müssen, direkt ins feindliche Feuer hinein. – Aber das Volk kenne dagegen ein Mittel, das er dem Herrn gern mitteilen wolle; es habe schon oft geholfen.

Strasser ist ganz Ohr.

„Schreib' der Herr sein Erlebnis auf – offen und ehrlich und vor allem, was er dabei empfunden hat. Den Zettel trag' Er ein paar Tag' bei sich und les' Er ihn gelegentlich durch; dann geh' Er auf den Abtritt und wisch' Er sich damit den Arsch. Wenn's dann nicht vergeht, dann macht's die Zeit."

Strasser hat den Rat befolgt, und irgendwann im nächsten Jahr war es vorbei mit den Alpträumen.

Der Bader bleibt noch eine Weile, um mit Strasser zu plaudern und ihm zu erzählen, was es Neues gibt.

Erstens: Der Grasl-Bua ist weg! Sein Auftritt nach der erfolglosen Exhumierung hat das Fass zum Überlaufen gebracht, obwohl es nichts direkt Kriminelles gewesen ist. Aber zusammen mit anderen Untaten, von denen Strasser noch gar nichts weiß, hat es gereicht. Da war noch einiges, was nur seinem Onkel bekannt war und das sich hervorragend als Druckmittel geeignet hat, um den Neffen gefügig zu machen. Man hat ihm einen beträchtlichen Teil des Familienvermögens in Form von Wechseln ausgefolgt und dafür gesorgt, dass er sich einer Gruppe von Mährischen Brüdern anschließen darf, die Europa verlassen wollen, um ihren Glauben in Pennsylvanien zu leben. Er wird wohl konvertieren oder wenigstens die Lebensart der Brüder annehmen müssen, und die ist kein Spaß. Wenn er es aushält, wird es ihm guttun, das ist die allgemeine Meinung.

Schließlich die Heilquelle, die den Ort reich machen soll. Strasser hat ohnehin nie viel davon gehalten: Seiner

Ansicht nach liegt sie zu weit vom Ort entfernt, würde also nicht profitabel sein. Und dann, sagt er, ist es eigentlich nur ein Sumpf, wo ein lauwarmes Schwefelwasser austritt. Er war ein paarmal dort, sagt er, und hat seinen schlechten Fuß da eingetunkt, versuchsweise. Hat aber nichts genützt, und er hat den ganzen Tag gestunken wie der Gottseibeiuns.

„Da kann ich dem Herrn nur beipflichten", sagt der Bader, „die meisten Heilbäder sind wirkungslos, aber die Einbildung macht halt viel. Was die hiesige Quelle betrifft, so hat der junge Medicus, der die Stelle des Dr. Faber bekommen soll, das Wasser analysiert und befunden, dass es nicht die geringste Heilkraft besitzt und eher schadet als sonst was. Hat sich einen guten Einstand verschafft damit ... Also gibt's kein Heilbad. Aber wie hätt' sich denn das auch angehört: Bad Ober-Bockstall!" Und dann im Tonfall der Aristokratie: „Sohgen S', Comtesse, kännen wir uns nicht von der Promenaad in Bad Ober-Bockstall?"

Und von den Königs erfährt er: Dr. Faber hat ein Testament hinterlassen, datiert kurz nach dem Mord, wonach sein gesamtes Vermögen den Eltern der Rosalia Honsik zufließt. Und das ist gar nicht so wenig, seitdem der Alte Grasl nichts mehr abgeschöpft hat.

❧

Eine Woche später erlaubt ihm der Bader einen Ausgang: Zum Hörndlwirt auf ein Bier – nur eins! – und dann wieder nach Hause. Der Leichnam des Renato war einen Tag lang ausgestellt, vor dem Gemeindeamt. Dass Renato auf der Flucht von vorne erschossen wurde, ist bisher niemandem aufgefallen, und wenn, hätte König sicher eine plausible Erklärung dafür parat gehabt. Jetzt ist es egal, denn inzwischen ist der Leichnam vom Jungen Grasl an unbekanntem Ort verscharrt worden. Strasser muss ihm also nicht noch einmal ins Gesicht schauen und er will es auch nicht; das Wissen um seinen Tod genügt ihm vollauf.

Katharina begleitet ihn, ja sie muss ihn gelegentlich stützen, so überwältigend ist die Anteilnahme des Dorfes. Strasser und König gelten als Helden und ihr Abenteuer im Nebel als ein titanisches Ringen mit dem Bösen. Den Strasser umgibt noch dazu der Nimbus des romantischen Liebhabers, der den Mord an seiner Geliebten gerächt hat. Die Leute umdrängen ihn; Mütter heben ihre Kinder hoch, damit sie ihn besser sehen. Viele schütteln ihm unter Genesungswünschen die Hand. Strasser fühlt sich schwach, zugleich aber vermeint er zu schweben.

König hat das schon hinter sich; Strasser hingegen ist jetzt mehr als zwei Wochen unsichtbar gewesen, denn die Königs haben alle Besucher höflich aber bestimmt abgewiesen. Mit Ausnahmen: Der Bader und der Justiziar haben zu ihm dürfen und auch der Graf, der mittlerweile aus Sheffield zurück ist und gewissermaßen unter Dampf steht, so sehr hat ihn die englische Maschinenkunst begeistert. Der Graf hat ihn und König äußerst huldvoll angeredet: Was sie unter Einsatz ihres Lebens geleistet haben, sei mit Geld nicht aufzuwiegen, weshalb er es auch nicht versuche und von Geldgeschenken abgesehen habe. Immerhin: Es hat Taschenuhren für sie gegeben, aus Gold beziehungsweise, wie sich später herausstellt, nur vergoldet, aber mit eingravierten Widmungen.

Das erste Glas Hornerbier ist für Strasser wie ein Göttertrunk, und Katharina muss ihn dringend an das Gebot des Baders erinnern, es bei diesem Glas zu belassen. Danach mischt sich in Strassers Gefühl der Schwäche eine Seligkeit, wie er sie noch nie erlebt hat. Wenn das Rekonvaleszenz ist, kann sie von mir aus noch lange dauern, denkt er. Aber bald flüstert er Katharina zu:

„Ich möchte gehen, hier erinnert mich zu viel an die Rosi.“

Katharina nickt und drückt ihm mitfühlend die Hand. Überhaupt hält sie in letzter Zeit gern seine Hand, lässt aber dann unvermittelt los, als ob sie etwas Ungehöriges getan hätte. Strasser genießt diese kleinen Berührungen, obwohl er sich fragt, wie sie wohl gemeint sind. Aber das wird ihm Katharina bald klar machen.

Auf dem Heimweg begegnet ihnen jenes wohlgenährte Mitglied des Wohlfahrtsausschusses, das Strasser bei sich Onan nennt, mit seinen beiden Bullenbeißern. Strasser sieht sich instinktiv nach einem Stein oder Prügel um, zugleich aber überkommt ihn eine Empfindung der Stärke, die nur scheinbar im Widerspruch zu seiner körperlichen Verfassung steht. Ihm ist, als könnte ihm nichts und niemand etwas anhaben. Und so ist es auch: Onan macht ihm eine tiefe Verbeugung per Distanz. Einer der Bullenbeißer aber rennt auf Strasser zu, macht vor ihm Sitz, wedelt und bellt auffordernd. Strasser beugt sich hinunter und krault ihn hinter den Ohren, was der Hund mit Wohlgefallen geschehen lässt. Im Dorf, wo die Tiere seit Jahren gefürchtet sind, gilt das fortan als ein geradezu biblisches Wunder.

ZWEIUNDZWANZIG

Fast genau sieben Monate nach seiner Ankunft steht Strasser wieder an jener Weggabelung, wo ihn die Znaimer Postkutsche halberfroren abgesetzt hat. Kalt ist es nicht mehr, über allem liegt Frühlingsgrün; die Gegend würde grade anfangen, ihm zu gefallen, wegen des Frühlings und auch aus anderen Gründen. Bei einem gewissen Lichteinfall haben die sanften Hügel der Gegend etwas Weibliches, und das spricht ihn an. Als ob der Leib der Rosi auf mystische Weise in die Landschaft eingegangen wäre, wo sie zuhause war.

Katharina und die Kinder haben ihn ein Stück des Weges begleitet. König hat Dienst; von ihm hat Strasser sich schon vorher verabschiedet. Die Kinder haben gesungen, angefangen von „Maikäfer flieg" ein ganzes Potpourri von Kinderliedern. Und dann, aus heiterem Himmel:

„Das war nicht recht / vom Schwarzen Knecht". Und das wiederholen sie wieder und wieder.

Strasser spürt, wie sich alle Haare an seinem Körper aufstellen. Er hat das Rezept des Baders befolgt, aber den Alptraum ist er noch nicht losgeworden. Er und die Königs haben nie vor den Kindern über den Fall Muhr geredet und schon gar nicht das Lied gesungen, aber es muss in Umlauf gekommen sein und den Weg zu den Kindern gefunden haben.

Katharina will mit Feuer und Schwert dreinfahren, aber Strasser rät ihr davon ab, weil die Kinder dann das Lied mit Sicherheit immer wieder singen werden, nur um die Erwachsenen zu ärgern, und es auch sein kann, dass sie bei manchen Zeitgenossen damit Beifall finden. Mehr als den Refrain kennen sie ohnehin nicht, und nach kurzer Zeit singen sie schon etwas anderes.

Dann muss Abschied genommen werden. Der Weg ist noch weit, und die Kinder sind müde. Sie fragen ihn, ob er wiederkommen wird.

„Das weiß ich nicht, aber vielleicht besucht ihr mich in Wien. Wenn mich die Wiener Polizei nimmt. Dann zeig ich euch alles – die Kaiserliche Burg, den Wurstelprater und den Kasperl."

Als die Buben schon ein Stück vorausgelaufen sind, verabschiedet sich auch Katharina von ihm, mit ein paar verstohlenen Küssen, und flüstert:

„Schade, dass es nicht öfter gegangen ist!"

Reißt sich los und läuft den Buben nach.

Strasser schaut ihr nach und murmelt: „Ja, schad' …"

Denn ab etwa März sind Strasser und Katharina bei jeder sich bietenden Gelegenheit, das heißt, wenn die Buben und der Dienstplan Königs es erlaubt haben, miteinander ins Bett gegangen. Also nicht oft, und auch das macht ihm den Abschied schwer.

Die Kutsche kommt mit geringer Verspätung. Strasser hat sich so hingestellt, dass man die Uniform erkennt, und als der Wagen hält, reicht er seinen Marschbefehl zum Postillon hinauf.

Dem dämmert etwas.

„Ja, sagen der Herr, hab' ich den Herrn nicht vor einem halben Jahr hier abgesetzt?"

„Allerdings."

„Heute dürfen drinnen sitzen, ist nicht vollbesetzt."

Und dann ist nichts mehr zu tun, als die Mitreisenden zu begrüßen, es sich auf der Lederbank bequem zu machen und von der Böhmischen Poststraße durchrütteln zu lassen.

Es ist schon seltsam, denkt er. Da hat er sich aus Liebeskummer anwerben lassen und war überzeugt, nie wieder die Liebe zu finden, und dann hat er in einem halben Jahr gleich zwei Affären gehabt – Affären, gegen die seine Eltern und noch viele andere Einiges einzuwenden gehabt hätten, aber immerhin. Und das alles mit zwanzig!

❧❧❧

Nach einigen Tagen Urlaub bei seinen Eltern ist Strasser nach Wien weitergefahren und anderntags zur Polizei-Oberkommission in der Spänglergasse gegangen, wo man ihn im Hinblick auf die überaus günstigen Berichte vom Gerichtsamt Ober-Bockstall probeweise als Praktikant angestellt hat.

ENDE

Der Fall des „Leobener Herzlfressers" hat sich so ereignet, wie er hier dargestellt ist.

Auch den vermeintlich Hingerichteten, der nach seiner Wiederherstellung den Arzt bei der Behörde anzeigte, um die Belohnung zu kassieren, hat es wirklich gegeben; die Geschichte stand 1777 in der Vossischen Zeitung.

Der Leichenraub zwecks Beschaffung von Studienmaterial für angehende Ärzte war weit verbreitet.

Der Clan der Grasl wurde sehr bekannt und erreichte seinen Höhepunkt mit Johann Georg (1818 in Wien u.a. wegen schweren Raubes gehängt).

Die weitere Karriere des Alois Strasser bei der Geheimen Staatspolizei in Wien bildet die Handlung von „Tyrannenmord".

Darstellung auf dem „Herzlfresser-Marterl" nächst dem
Schloss Oberkindberg

Über den Autor

Dr. Harald Lacom war Richter und arbeitet derzeit als Dolmetscher und Übersetzer. Er hat Sachbücher zur österreichischen Geschichte und historische Kriminal-romane geschrieben.

Weitere Werke des Autors

Niederösterreich brennt. Tatarisch-Osmanische Kampf-einheiten 1683. Geb. Ausgabe 2009, Verlag Stöhr, 128 Seiten, ISBN-13: 978-3901208553.

Der osmanische Vorstoß von 1683 bedrohte ganz Europa. Während der Kampf um Wien sehr gut dokumentiert ist, blieb das Schicksal der Dörfer auf dem Gebiet des heutigen Niederösterreichs und der Wiener Bezirke 2-23, bislang eher unbeachtet. Erstmals wird nun durch intensive Recherchen und penibles Studium sowohl inländischer als auch osmanischer Quellen ein Licht auf diese leidvolle Zeit geworfen.

Die Hainburger Hexenprozesse (1617 - 1624). Geb. Ausgabe 2011, Phoibos Verlag, 147 Seiten, ISBN-13: 978-3200022096

Zu Anfang des 17. Jahrhunderts fanden in Hainburg a.d. Donau mehrere Hexenprozesse statt. Die beiden erhaltenen Akten werden hier erstmals im Wortlaut wiedergegeben. Der Autor führt den Leser tief in die bizarre Gedankenwelt der Hexen und Hexenjäger, bietet ihm aber auch einen Einblick in das bäuerliche Leben zwischen Donau und Leitha vor 400 Jahren.

Der Gefangene des Sultans Österreichischer Milizverlag 2016, ISBN-13: 978-3-901185-56-4, 184 S.

Juli 1683: Die Armee des Großwesirs Kara Mustafa Pascha rückt auf Wien vor; die kaiserlichen Abwehrtruppen an der Raab weichen vor der Übermacht. Rittmeister De Martelli vom Elite-Regiment Dünewald wird mit siebzig Kürassieren zu einem Himmelfahrtskommando beordert – der Sicherung des Rückzugs gegen streifende Tataren. Schon am nächsten Tag gerät er in Gefangenschaft, für ihn der Anfang einer jahrelangen Odyssee durch die schlimmsten Kerker des Balkans bis in die Serails von Konstantinopel. – Aus den Aufzeichnungen des Rittmeisters, den Akten des Wiener Hofkriegsrates und zahlreichen europäischen und osmanischen Nebenquellen entsteht vor dem Hintergrund des beginnenden "Großen Türkenkriegs" das Bild eines aufrechten kaiserlichen Offiziers, der in Erfüllung seiner Pflicht Freiheit und Gesundheit dem Ruhm des Hauses Habsburg opfern musste.

Ranzion Historischer Kriminalroman BoD 2018, ISBN 978-3, 207 S.

Im Mai 1597 führt Martin, Juniorpartner im protestantischen Handelshaus der Reiningsberg, einen Warentransport durchs Waldviertel. Eine Geschäftsreise wie jede andere, meint er, denn Raubritter gibt es ja nicht mehr. Was sich als Irrtum erweist: Der Abenteurer Vargas, derzeit Verwalter von Oeltz, sieht eine Chance, diese verkommene Herrschaft zu sanieren; er bricht eine Fehde vom Zaun, wirft Martin in den Kerker und fordert eine exorbitante Ranzion. Er lässt Martin zwar bald frei, legt ihm jedoch einen Stahlkragen um den Hals, der sich vermittels eines Uhrwerks stetig verengt, so dass Martin drei Tage bleiben, um das Lösegeld zu bringen, bevor er erwürgt wird. Doch niemand, nicht das Handelshaus, nicht Martins Frau, nicht die Geistlichkeit beider Konfessionen, kann oder will das Geld aufbringen.

In seiner Verzweiflung geht Martin zu den Unehrlichen und Geächteten: Sein geringer Firmenanteil reicht aus, um flüchtige Bauern und desertierte Landsknechte, alles Strandgut des Bauernkriegs, in Sold zu nehmen. In einem blutigen Handstreich bemächtigen sie sich der Burg Oeltz, und Martin wird sein Martergerät los.

Dass damit seine Probleme erst beginnen und dass auch hinter seinem Kidnapping mehr steckt als bloßes Raubrittertum, kann er noch nicht wissen.

Der goldene Apfel Historischer Kriminalroman BoD 2019, ISBN-13 : 978-3735791399, 228 Seiten

1683: Noch steht die osmanische Armee vor den Mauern Wiens, doch ihre Spione und Agenten sind bereits in der Stadt aktiv. Schon ist eine Gruppe einflussreicher Bürger für die Kapitulation gewonnen und paktiert mit dem Feind. Aber auch der kaiserliche Geheimdienst wirbt Spione an. Und so wird der Student Wenzel Wohlfahrt, weil er etwas Türkisch kann, ins

Feld geschickt und erlebt binnen kurzem eine Duellforderung, ein bizarres Liebesabenteuer, Gefangenschaft und Folter; die Osmanen verurteilen ihn zum Tod, und die Kaiserlichen suchen ihn als Mörder.

Doch welche rätselhafte Verbindung besteht zwischen diesen Ereignissen? Hat er zu viel herausgefunden oder zu wenig?

Jahre später wird er eine Antwort erhalten, die seine Welt auf den Kopf stellt.

Eduard Lacom - der Held von Carzano (im PALLASCH, der Zeitschrift des Milizverlags, Nr. 75)

Eduard Lacom war k.u.k. Berufsoffizier, Ingenieur, Numismatiker, Spion. Der Autor beschreibt das Leben seines Großvaters, von der Kadettenanstalt bis ins Staatspolizeiliche Büro der Ersten Republik. Besonderes Augenmerk gilt der "Affäre von Carzano" (österr. Südwestfront, September 1917), einem Versuch slawischer Mannschaften (ohne die Bosniaken!), den Italienern das Eindringen in die österreichischen Linien zu ermöglichen, was jedoch von Lacom und anderen Offizieren vereitelt wurde.

Die Kanonade von Valmy GOETHE UND DIE KAMPAGNE IN FRANKREICH 1792 BoD 2021, ISBN-13 : 978-3753464107, 200 Seiten

Im Jahr 1792 marschiert eine von Preußen und Österreich gebildete Koalitionsarmee in das revolutionäre Frankreich ein, um die alte monarchische Ordnung wieder herzustellen. Bei Valmy findet der Vorstoß ein unrühmliches Ende, und die

Invasionsarmee muss sich zurückziehen. Goethe hat diese Kampagne im Gefolge seines Freundes und Landesherrn, des Herzogs von Weimar, mitgemacht und eine Generation später in seinen Lebenserinnerungen ausführlich davon berichtet. Der Autor folgt den Spuren Goethes und zeichnet nicht nur minutiös die einzelnen Etappen dieses Feldzuges nach, sondern beleuchtet auch die Motivation der handelnden Personen und die politischen Hintergründe. Das Kanonenduell von Valmy war militärisch bedeutungslos und doch bestimmend für die Geschichte Europas, denn sein Ausgang verlieh der jungen Revolutionsarmee ungeheuren Schwung und eine Begeisterung, die sie und sogar noch Napoleon von Sieg zu Sieg tragen sollte.

Tyrannenmord Ein Kriminalroman aus dem Alten Wien BoD 2022, ISBN-13: 978-3756214877, 252 Seiten

Als im Wien des Jahres 1859 die Reste der alten Burgbastei beseitigt werden, findet man in einem verschütteten Gang ein Skelett aus der Franzosenzeit, das den Behörden Rätsel aufgibt. Es lebt nämlich nur mehr ein einziger Mann, der das Geheimnis des unbekannten Toten kennt, und der hat allen Grund zu schweigen: Alois Strasser, ehemaliger Kommissär im staatspolizeilichen Büro. 1809 hat er den Auftrag, Napoleon Bonaparte während seines Aufenthalts in dem von den Franzosen besetzten Wien vor Attentaten zu schützen. Strasser wird dabei in eine Intrige verwickelt, die er erst Jahrzehnte später völlig durchschaut.

Gesandtschaft zu Attila – Der Bericht des Priskos von Panonien (im PALLASCH, der Zeitschrift des Milizverlags, Nr. 83)

Der Historiker Priskos von Panion reiste 449 n. Chr. mit einer oströmischen Gesandtschaft ins Hunnenreich und lieferte einen ausführlichen Bericht darüber. Er ist der einzige westliche Schriftsteller, der Attila jemals von Angesicht gesehen hat und zweimal an seine Tafel eingeladen wurde. Dass die Gesandtschaft auch den Geheimauftrag hatte, die Ermordung Attilas in die Wege zu leiten, wusste er nicht, wenigstens nicht zu Anfang. In einem umfangreichen Artikel (erschienen im PALLASCH 83) stellt der Autor die Theorie auf, dass der Mordplan des byzantinischen Hofes fehlschlug, weil Attila, ein glänzender Psychologe, vermutlich von Anfang an davon wusste, sich aber unwissend stellte, um das auf seinen Kopf gesetzte Blutgeld letztlich selbst zu kassieren.